Friedhold Vogel, Wir werden ewig leben

Meinen Töchtern
Helga-Maria und Elisabeth

FRIEDHOLD VOGEL

# Wir werden ewig leben

CHRISTLICHES VERLAGSHAUS GMBH
STUTTGART

Bücher, die dieses Zeichen tragen, wollen die Botschaft von Jesus Christus in unserer Zeit glaubhaft bezeugen.

ABCteam-Bücher erscheinen in folgenden Verlagen:

Aussaat- und Schriftenmissions-Verlag Neukirchen
R. Brockhaus Verlag Wuppertal / Brunnen Verlag Gießen
Bundes Verlag Witten / Christliches Verlagshaus Stuttgart
Oncken Verlag Wuppertal


Umschlagfoto: Hans Goersch
Zeichnungen: Thomas Tscherpel
Gesamtherstellung: Druckhaus West GmbH, Stuttgart
ISBN 3-7675-3229-8

**Inhalt**

Die Bibelstellen sind, wenn nicht anders angegeben, nach dem Revidierten Luthertext von 1984 bzw. 1964 wiedergegeben.

Dem Quell Verlag danken wir für die Abdruckerlaubnis der Geschichte von Wilhelm Busch: »Man muß doch darüber sprechen«.

## *Vorwort*

Das ist der Traum des Menschen: Den Tod besiegen – ewig leben. Gordon Rattray Taylor, ein englischer Biologe, schreibt in seinem 1968 erschienenen Buch »Die biologische Zeitbombe«, daß allein »über tausend wissenschaftliche Teams in den Vereinigten Staaten an derartigen Projekten arbeiten«.

Dr. Alex Comfort, Direktor des medizinischen Forschungsrates der Gerontologengruppe (Spezialisten für Alterserscheinungen) in England, sagte: »Es besteht wirklich die Möglichkeit eines Durchbruchs, der entweder die menschliche Kraft im hohen Alter oder die menschliche Lebensdauer oder sogar beides beeinflußt.«

Aber die Frage ist, ob diese Form eines fast unbegrenzten Lebens überhaupt erstrebenswert wäre. Es könnte sehr schnell der Fall sein, daß sich dieser Menschheitstraum dann zu einem Alptraum verwandeln würde.

Im letzten Buch der Bibel lesen wir etwas Seltsames:

> *»Und in jenen Tagen werden die Menschen den Tod suchen und nicht finden, sie werden begehren zu sterben, und der Tod wird sie fliehen« (Offenbarung 9, 6).*

Bis dahin war es jedenfalls genau umgekehrt. Der Mensch floh vor dem Tod. Aber immer hat der Tod ihn eingeholt. Nun »flieht« der Tod vor dem Menschen. Kein Sterben ist mehr möglich. Und genau das wird als eine unsagbare Qual empfunden.

Gordon Rattray Taylor berichtet: »Als junger Mann besuchte ich einmal eine alte Dame, die 108 Jahre alt war. Sie war schon 23 Jahre lang bettlägerig und lebte von der Mildtätigkeit eines Enkelkindes, dessen einziges kleines Zimmer sie mitbewohnte. Nachdem wir eine Weile miteinander geplaudert hatten, brach es aus ihr hervor: ›Warum kann ich nicht sterben? Warum nimmt mich Gott nicht endlich zu sich? Ich bin eine Last für meinen Enkel und eine Last für mich selbst. Ich liege die ganze Zeit nur hier und bete, daß ich sterbe.‹«

Es ist wahr, daß der Mensch Unsterblichkeit sucht, aber es darf nicht nur ein ins Unendliche verlängertes Leben sein. Es muß eine ganz neue Qualität von Leben sein. Jene 108 Jahre alte Frau fragte: »Warum nimmt mich Gott nicht endlich zu sich?« In diesen Worten klingt Hoffnung auf ein Leben nach dem Tod an – Leben in der Gegenwart Gottes – ewiges Leben in letzter und tiefer Erfüllung. Die Bibel sagt dazu:

> *»Gott wird abwischen alle Tränen von ihren Augen, und der Tod wird nicht mehr sein, noch Leid noch Geschrei noch Schmerz wird mehr sein; denn das Alte ist vergangen. Und*

*der auf dem Thron saß, sprach: Siehe, ich mache alles neu!« (Offenbarung 21, 4. 5).*

Und genau das ist es, wonach der Mensch zutiefst verlangt – es ist die Ursehnsucht seines Herzens.

»Wir werden ewig leben« – das ist nicht nur ein »Traumsatz« der Menschheit, sondern das ist der »Hauptsatz« der Bibel. Ich lade Sie zum Hinhören auf das ein, was das Buch der Bücher dazu zu sagen hat.

# Sehnsucht

»Nach dir, Herr, verlangt mich.«
(Psalm 25, 1)

## *Wir sind nicht nur von dieser Welt*

In dem Buch »Man lebt – fragt sich nur, wozu?« zitiert der Autor den Pionier der Raketen, Wernher von Braun. Er sagte: »Es treibt mich seit meiner Kindheit eine Sehnsucht, wegzukommen von der Welt. Ich will mich mit dieser Welt nicht abfinden, sie ist mir zu klein.«

Es wird berichtet, daß Wernher von Braun mit 16 Jahren heimlich seine Sachen packte und in Richtung Hamburg floh. Er wollte heraus aus der Enge. Die Sehnsucht trieb ihn. Aber irgendwo am Hafen hat ihn die Polizei geschnappt und nach Hause zurückgeschickt.

Später hat Wernher von Braun Raketen gebaut. In dieses »Weltraumprogramm« hat er seine Sehnsucht nach Weite und Unendlichkeit gelegt.

### *Sehnsucht geht seltsame Wege*

Es gibt junge Leute, die nach Indien trampen – aus Sehnsucht. Vor einiger Zeit saß ich einem solchen jungen Mann in St. Pauli gegenüber. Sehr früh schon hatte er sich vom Elternhaus losgesagt und lebte mit anderen jungen Leuten zusammen in einer Kommune. Als er entdeckte, daß das auch nicht das Wahre ist, schloß er sich einer radikalen Bewegung an. Wo Steine flogen und demonstriert wurde, war er dabei. Aber auch das füllte seine Sehnsucht nach Entfaltung und Leben nicht aus. Schließlich machte er sich auf den Weg nach Indien. In einem Kloster am Himalaja setzte er sich einem Guru zu Füßen und meditierte. Aber er bekannte mir, das auch das die Leere seines Lebens nicht füllte. Die Sehnsucht blieb.

Andere schlittern in die Drogenszene – aus dergleichen Sehnsucht. Einige schwärmen von neuen Farben, seltsamen Tönen und dem Gefühl von Unendlichkeit. Sie schwebten und waren für einige Stunden herausgerissen aus dem alltäglichen Trott und dem miesen Empfinden, ein Nichts zu sein.

Ich habe auch viele Menschen kennengelernt, die sich aus Sehnsucht Jesus Christus hingegeben haben.

In einer Nacht begegne ich auf der »Großen Freiheit« einem 16jährigen. Der Gesprächseinstieg ist stockend. Aber dann faßt er Vertrauen. Er berichtet von seiner Mutter, die alkoholabhängig ist. Seinen Vater hat er nie gesehen. Er selbst ist vorbestraft. Autos und Automaten waren sein Spezialgebiet. Wenige Wochen vor unserer Begegnung fuhr er einen nagelneuen Mercedes zu Schrott. Die meiste Zeit seines Lebens hat er in Erziehungsheimen zugebracht. Ein trostloses, verpfuschtes Leben. Aber in dieser Nacht in St. Pauli erkennt er, daß seine ganze Sehnsucht ein unbewußter Schrei nach Gott gewesen ist. Nie werde ich vergessen, wie er nach einem stokkenden Gebet meine beiden Hände ergriff. Ein seltsames Staunen lag in seinen Augen, als wollte er sagen: »Ich habe das Leben entdeckt.«

Es war eine Fürstin, eine Dame von Welt, die das bekannte Lied schrieb:

*Ich bin durch die Welt gegangen,*
*und die Welt ist schön und groß,*
*und doch ziehet mein Verlangen*
*mich weit von der Erde los.*

*Ich habe die Menschen gesehen,*
*und sie suchen spät und früh,*
*sie schaffen, sie kommen und gehen,*
*und ihr Leben ist Arbeit und Müh.*

*Sie suchen, was sie nicht finden*
*in Liebe und Ehre und Glück,*
*und sie kommen belastet mit Sünden*
*und unbefriedigt zurück.*

## *Augenblicke der Sehnsucht*

Ein ehemals Drogensüchtiger schrieb mir das Gedicht:

*In deinem Auge spiegelt sich ein Schatten*
*wider, der dein Ansehen trübt.*
*Gedanken streifen umher:*
*Augenblicke der Verwirrung.*

*In deiner Existenz existiert eine Grenze.*
*Du denkst nur bis dorthin.*
*Dahinter – Niemandsland:*
*Augenblicke der Verzweiflung.*

*In deinem Lächeln dominiert Traurigkeit,*
*du dringst nicht durch.*
*Blicke wenden sich ab:*
*Augenblicke der Einsamkeit.*

*Vor deinem »Ich« steht eine Maske,*
*die deine Welt zur Bühne macht.*
*Dann blickst du hinter die Kulissen:*
*Augenblicke der Angst.*

*Hinter deiner Liebe steht der Haß,*
*der dich zum Ausbeuter macht.*
*Du wirst Sklave deiner selbst:*
*Augenblicke der Anklage.*

*Du sagst: Es sind nur Augenblicke des Daseins. Alles versinkt wieder.*
*Ich sage: Solange deine Existenz von Enttäuschungen beherrscht wird,*
*verstummt dein innerer Schrei nie.*

In einem Brief schrieb er zu diesem Gedicht: »Das trifft die Gefühle, die ich vor meiner Begegnung mit Jesus Christus hatte. Und das sind sicher auch die Gefühle, die meine Freunde haben, die keine Christen sind und ihren Trost in Drogen, Sex und Diskotheken suchen.«

Diese Verse haben mich unwahrscheinlich gepackt. Sie erinnern mich an eine Zeit in meinem Leben, in der auch mich die Sehnsucht nach etwas Unbekanntem beherrschte.

Sehnsucht! Woher kommt sie eigentlich? Was ist ihr geheimnisvoller Hintergrund? Wie kann es sein, daß jeder Mensch in bestimmten Phasen seines Lebens von ihr bestimmt wird?

## *Im Unterbewußtsein verankert*

Die Sehnsucht ist in jedem Fall ein Zeichen dafür, daß wir Menschen etwas verloren haben, etwas, was wesenhaft und ursprünglich zum Menschsein dazugehörte. Der Verlust dieses »Etwas« muß so einschneidend gewesen sein, daß die Sehnsucht danach sich durch alle Generationen der Menschheit bewahrt hat. Verlust und Sehnsucht gehören also zusammen. An einer Geschichte möchte ich das verdeutlichen:

Irgendwo in einem Schloß wohnte ein junges Paar. Ihre besondere Freude war ihr dreijähriges Mädchen Erika. Eines Tages wurde das Kind in einem unbeobachteten Augenblick von einer Frau weggelockt. Sie gehörte zu einer fahrenden Schaustellergruppe. Die freundliche Frau zeigte der Kleinen ihr »Haus auf Rädern« und ließ sie mit vielen Puppen spielen. Dabei setzte sich der Schaustellerzug in Bewegung. Als die kleine Erika nach einiger Zeit gehen wollte, wurde sie von jener fremden Frau unsanft in ein Bett gesteckt. Viele Tage hindurch weinte Erika verzweifelt. Nichts konnte sie mehr erfreuen. Ängste stiegen in ihr hoch. Aber nach und nach verwischte die Zeit alle diese Bilder. Erika vergaß ihre Eltern und das Schloß, in dem sie gewohnt hatte. Sie gehörte ganz zu jener Schaustellergruppe. Die Jahre vergingen. Aber da war etwas Eigenartiges. Manchmal träumte Erika von einem Schloß, von einer ganz anderen Welt; von Menschen, die sie sehr liebten und die sie auf ihre Arme nahmen. Und dann brach in ihr eine tiefe Sehnsucht auf. Beim Erwachen traten ihr immer Tränen in die Augen. Was war das? Im Unterbewußtsein ihrer Seele wurde das dunkle Erlebnis von einst festgehalten. Es entwikkelte sich im Laufe der Zeit zu einem Trauma, das als Angst, Einsamkeit und Schwermut ins Bewußtsein drang und das junge Leben überschattete.

Später haben ihre Pflegeeltern ein kleines Gasthaus aufgekauft. Erika bediente. Und da geschah es, daß eines Tages ihr Vater auf einer Reise in dieses Gasthaus einkehrte. Ihm fiel das feingeformte Gesicht dieses Mädchens auf. Er sprach mit ihm, und dabei entdeckte er ein silbernes Herzchen, das um den Hals hing. Es erinnerte ihn an sein verlorengegangenes Kind. Er hatte seiner Tochter ein ähnliches aufklappbares Schmuckstück mit dem Foto seiner Frau zum dritten Geburtstag geschenkt. So fragte er das Mädchen, ob er das Herzchen einmal anschauen dürfe. Sie reichte es ihm. Dabei entdeckte er beim Öffnen das Bild seiner Frau. Wortlos reichte er ihr das silberne Herzchen zurück. Er mußte sich festhalten. Tränen traten in seine Augen. Das Mädchen, das da vor ihm stand, war seine Tochter.

Als dann wenige Tage später Erika von ihrer Mutter umarmt wurde, wußte sie plötzlich: Das ist meine Mutter. Hierher gehöre ich. Das Unterbewußtsein gab die Bilder der frühen Kindheit frei.

## *Die Antwort der Bibel*

Wir haben gefragt, woher die Sehnsucht kommt, die in jedem Menschen liegt. In der Bibel finden wir die Antwort. Sie sagt uns, daß uns allen das Entscheidende verlorengegangen ist.

Wir haben das Paradies verloren.

> *»Und Gott trieb den Menschen hinaus aus dem Garten Eden und ließ lagern vor dem Garten Eden den Cherubim mit dem flammenden, blitzenden Schwert« (1. Mose 3, 24).*

Wir haben Gott verloren:

*»Eure Verschuldungen scheiden euch von eurem Gott, und eure Sünden verbergen sein Angesicht vor euch« (Jesaja 59, 2).*

*»Fürwahr, du bist ein verborgener Gott« (Jesaja 45, 15).*

Wir haben unser eigentliches Sein verloren:

*»Deshalb, wie durch einen Menschen (Adam) die Sünde in die Welt gekommen ist und der Tod durch die Sünde, so ist der Tod zu allen Menschen durchgedrungen« (Römer 5, 12).*

Wir haben die Ewigkeit verloren:

*»Denn es geht dem Menschen wie dem Vieh: wie dies stirbt, so stirbt auch er« (Prediger 3, 19).*

Nietzsche hat das unübertroffen in seinem Gedicht »Winter-Wanderschaft« ausgesprochen:

*Die Welt, ein Tor zu tausend Wüsten, stumm und kalt.*
*Wer das verlor, was ich verlor, macht nirgends Halt.*
*Nun steh ich bleich, zur Winter-Wanderschaft verflucht.*
*Dem Rauche gleich, der stets nach kältern Himmeln sucht.*
*Weh dem, der keine Heimat hat!*

Da klingt das an, was die Bibel uns enthüllt. Nietzsche sagt: »Weh dem, der keine Heimat hat«. Und er spricht davon, daß es in seinem Leben keinen Halt gibt, keine Geborgenheit und keinen Sinn, weil er das Entscheidende verloren hat. Genau das ist der geheimnisvolle und notvolle Hintergrund aller Sehnsucht. Wer über das Thema »Ewigkeit« nachdenkt, der darf das nicht übersehen und verdrängen. Er muß erfassen, woher der Mensch kommt und wozu er geboren ist. Er muß zu den ersten Seiten der Menschheitsgeschichte zurückblättern und nachlesen, was dort geschehen ist.

Die Bibel berichtet, daß es in der Geschichte der Menschen eine Zeit gab, in der der Mensch in einer wunderbaren Harmonie mit Gott lebte. Er hatte eine tiefe Beziehung zu Gott. Gottes Liebe durchflutete alle Bereiche seines Lebens.

In der Bibel lesen wir:

> *»Gott der Herr pflanzte einen Garten in Eden gegen Osten hin und setzte den Menschen hinein, den er gemacht hatte« (1. Mose 2, 8).*
> *»Sie hörten Gott den Herrn, wie er im Garten ging, als der Tag kühl geworden war« (1. Mose 3, 8).*

Nur in wenigen Sätzen spricht die Bibel von diesem Ort, den wir Paradies nennen. Aber es muß ein wunderbarer Ort gewesen sein. Ein Ort, an dem es keine Krankheit und keinen Streit gab. Ein Ort, an dem es keine Sehnsucht gab. Ein Ort ohne Tränen und Leid. Alles war vollkommen. Im Paradies begegneten sich Zeit und Ewigkeit, Diesseits und Jenseits, sichtbare und unsichtbare Schöpfung. Und da hinein stellte Gott den Menschen. Er war ein »Wanderer« zwischen zwei Welten. Adam war nicht nur für die irdische Dimension geschaffen. Er war ein Mensch, der in zwei Wirklichkeiten zugleich Zuhause war. Er »bebaute und bewahrte« den Garten Eden und erntete seine Früchte. Zugleich aber hatte er die Fähigkeit, im »Jenseits«, der Wirklichkeit Gottes, zu leben. Adam hörte die Stimme Gottes. Er sah Gott. Er empfing von ihm Aufträge. Harmonie kennzeichnete seine Existenz. Er war glücklich.

Wir wissen, daß es einmal eine unheimliche Katastrophe im Leben des »Menschen« gab, eine Katastrophe, die dann zur Menschheitskatastrophe wurde. Es kam zum Bruch zwischen Mensch und Gott und damit auch zu einem Bruch zwischen dem Diesseits und dem Jenseits.

Da war eine fremde Stimme, die den Menschen dazu überredete, sich aus der Abhängigkeit Gottes zu befreien. Das Angebot zur Selbstverwirklichung war verlockend. Es lag etwas Faszinierendes in dem Gedanken, sich an die Stelle Gottes zu setzen und das Leben in Eigenregie zu gestalten.

> *». . . ihr werdet sein wie Gott und wissen . . .« (1. Mose 3, 5).*

Es war eine unheimliche und doch zugleich packende Stimme, die das sprach. Der

Mensch öffnete sich ihr mit Ohr und Herz. Doch da geschah das Unheimliche. Er stürzte aus der Dimension Gottes. Eine unsichtbare Mauer riß Mensch und Gott auseinander.

Mit diesem Sturz verlor der Mensch alles, was Gottes Gegenwart bietet: Liebe, Geborgenheit, Lebenssinn und Ewigkeit. Und das Entsetzlichste an diesem Fall: Eine andere Macht griff nach dem Menschen und beschlagnahmte ihn. Die fremde Stimme, die so faszinierend klang, war die Stimme des Verführers, die Stimme Satans. So wurde Satan zum Vater der gefallenen Menschheit. Jesus sagte:

> *»Ihr habt den Teufel zum Vater, und nach eures Vaters Gelüste wollt ihr tun. Der ist ein Mörder von Anfang an« (Johannes 8, 44).*

Darum trägt die Weltgeschichte die Wesenszüge Satans: Krieg, Geschrei, Mord, Intrigen, Elend, Tränen, und am Ende steht der Tod. So wurde die Welt ein »Tor zu tausend Wüsten, stumm und kalt.«

## *Irrwege zum Paradies*

Nun hatte der Mensch Gott verloren. Er hatte das Paradies verloren. Er hatte seine eigentliche Lebensbestimmung verloren. Da bricht in ihm plötzlich etwas auf, was er vorher nicht gekannt hatte: die Sehnsucht. Er sehnt sich nach dem Verlorenen, nach der heilen Welt.

Er möchte zurück, aber der Weg ist ihm versperrt. Die Bibel sagt:

> *»Alle haben gesündigt und die Herrlichkeit verloren, die Gott ihnen zugedacht hatte« (Römer 3, 23).*

Weil der Mensch nun von seinem Schöpfer getrennt ist, hat er Sehnsucht in seinem Herzen – Sehnsucht, deren Ursprung er nicht immer erklären kann. Er ist zu weit vom Paradies entfernt. Das Bild vom verlorenen Paradies ist in das Unterbewußtsein der Seele abgesunken. Nur gelegentlich durchstößt es die Schichten des Unterbewußtseins. Dann weiß der Mensch: Ich bin nicht nur von dieser Welt. Und dann versucht er, auf vielen Wegen in das Paradies zurückzukommen.

## *Der Irrweg der Religionen*

Ein solcher Versuch sind die Religionen der Menschheitsgeschichte. Jede Religion entstand jenseits des Paradieses, jenseits der persönlichen Beziehung zu Gott. Jede Religion ist ein Versuch des Menschen, zu Gott durchzubrechen und die Dimension der Ewigkeit wiederzugewinnen. Nur ist das bis heute keiner Religion gelungen. Oft genug ist der Weg der Religionen gekennzeichnet von unsagbaren Opfern und von vielen Enttäuschungen.

Die Azteken des alten Mexiko schlachteten

jedes Jahr auf ihren Altären 20000 Menschen, um die Götter zu versöhnen.

Auch in den Religionen der Babylonier, der Sumerer und der alten Ägypter wurden den Göttern Menschenopfer dargebracht.

Noch heute werden in Indien Millionen »heiliger Kühe« verehrt, während Millionen Menschen verhungern.

Die Zahl der Yogis und Gurus nimmt in westlichen Ländern sprunghaft zu. Durch sie erhoffen sich Menschen besondere mystische Erfahrungen. Man hat den Eindruck, daß der Mensch auf der Suche nach dem verlorenen Paradies jeden »religiösen Strohhalm« ergreift, der sich ihm bietet.

## *Der Irrweg der Hoffnungsbilder*

Ein anderer Weg sind die Hoffnungsbilder, in die hinein sich der suchende Mensch flüchtet. So ist z. B. die weltweite Friedensbewegung ein solches Hoffnungsbild. Sie entstand – und das muß ja nicht betont werden – ebenfalls jenseits des Paradieses. Sie wurde in einer völlig unheilen, von Angst gekennzeichneten Welt geboren. Der Sehnsuchtstraum ist eine heile Welt, eine Welt ohne Waffen, ein Paradies auf Erden. Aber wir wissen, daß diese Bewegung das Paradies nicht bringen wird. Auch sie wird scheitern an der Sünde des Menschen. Jenseits von Gott und ohne Gott gelingt dem Menschen kein Paradies. Ohne Frieden mit Gott wird es keinen Frieden auf Erden geben.

### *Der Irrweg der Wissenschaft*

Die industrielle Revolution im neunzehnten Jahrhundert und die technologische Revolution des zwanzigsten Jahrhundert haben das versprochene Paradies nicht gebracht. Im Gegenteil, sie haben die Erde zu einem Todeskandidaten gemacht. Aber der wissenschaftsgläubige Mensch ist nach wie vor optimistisch. Nun setzt er alle Hoffnung auf die biologische Revolution.

Vor mir liegt eine Fachzeitschrift mit dem Titel »Micro-Computerwelt«. Auf den ersten Seiten wird ein Forscherteam aus den USA vorgestellt, das sich zum Ziel gesetzt hat, einen winzigen biologischen Computer zu bauen, der in das Gehirn eines Menschen verpflanzt werden kann. Dieser »Bio Chip Computer« wird, so lauten die Prognosen der Forscher, »Blinden das Sehen und Tauben das Hören wiedergeben. Das menschliche Gehirn wird mit seiner Hilfe Gedächtnis- und Rechenfähigkeit der leistungsstärksten Computer unserer Welt erhalten«. Ein solcher Mensch der Zukunft könnte auf diese Weise das Wissen von Millionen Wissenschaftlern in sich speichern und verwerten. Dadurch würde es zu einer unvorstellbaren Explosion des Denkens kommen.

Der Kopf dieses Forscherteams, McAlear sagt: »Ich glaube nicht nur an Gott, sondern bin wohl der einzige, der eine Vorstellung davon hat, wie man Gott nachbauen könnte.« Weiter sagt er den bemerkenswerten Satz: »Wir denken, daß wir die Krone der Schöpfung sind. Wir sind jedoch nur der Beginn des Lebens, eine Basis für ein unbegrenztes Wachstum, sobald wir einmal unsere biologische Bestimmung in die eigenen Hände genommen haben.«

Wir werden bei einem solchen Ausspruch an die bereits zitierten Worte des »Sündenfallberichts« erinnert: »...ihr werdet sein wie Gott.« Dieser Artikel in »Micro-Computerwelt« beginnt mit den Sätzen: »Von der Öffentlichkeit unbemerkt ist ein nahezu unglaublicher biologischer Computer ins Reißbrettstadium gelangt.«

Auch das ist ein Versuch, das verlorene Paradies zurückzugewinnen. Wohin aber wird es führen, wenn der Mensch mit seiner egoistischen und entarteten Einstellung dieses unvorstellbare Wissen erlangt?

## *Der Irrweg des Materialismus*

Unsere westliche Welt ist durch und durch vom Materialismus geprägt. Im Denken vieler

Menschen spukt die Gleichung: Besitz = Paradies. So versucht man, sich noch besser einzurichten, den größeren Wagen zu fahren, reicher zu werden. Die Leere des Herzens muß ausgefüllt werden. Das Verlorene gilt es zurückzugewinnen. Aber es liegt offen auf der Hand, daß diese Gleichung nicht aufgeht. Das alte Sprichwort stimmt: »Je mehr er hat, je mehr er will. Nie schweigen seine Klagen still.«

Einmal saß ich in einem Bungalow einem jungen Arztehepaar gegenüber. Ihr vielleicht dreijähriges Mädchen spielte auf einem teuren Perser-Teppich. Der Arzt berichtete mir, daß er ein verlockendes Angebot bekommen hat, in einem medizinischen Forschungszentrum in den USA mitzuarbeiten. »Wir haben mehr, als wir brauchen«, sagte er. »Aber nichts erfüllt unser Leben. Können Sie uns den Ausweg aus der inneren Leere zeigen?«

## *Die Tragödie des Menschen*

Ich wiederhole: Sehnsucht ist das tiefste Zeichen des Gottesverlustes. Erinnern Sie sich bitte an die Geschichte von Erika. Tief in ihr war das längst vergessene Erlebnis der Entführung, der Trennung von Mutter und Vater, der Trennung von der heimatlichen Umgebung verankert. Erst als sie wieder zu Hause war, war diese Sehnsucht gestillt, verschwanden die Ängste, das Gefühl der Sinnlosigkeit wurde aufgehoben.

Gott hat uns nicht zuerst für uns selbst geschaffen. Er hat uns auch nicht zuerst für den Mitmenschen geschaffen. Der ursprüngliche Schöpfungsplan für den Menschen war die Gemeinschaft mit Gott. Genau das hat der Mensch im Sündenfall verloren. Das ist seine Tragödie und die Tragödie aller Jahrhunderte. Und das ist auch die Tragödie im zwanzigsten Jahrhundert.

Seit dem Sündenfall liegt über dem Menschen der Fluch, nur von dieser Welt zu sein. Jesus Christus hat das seinen Zeitgenossen unüberhörbar deutlich gesagt:

> *»Ihr seid von unten her, ich bin von oben her; ihr seid von dieser Welt, ich bin nicht von dieser Welt« (Johannes 8, 23).*

Jesus Christus würde heute in Deutschland oder in einem anderen Land das gleiche sagen: »Ihr seid von dieser Welt.«

## *Wir sind nur noch von dieser Welt*

Als meinem 43jährigen Cousin während eines Krankenhausaufenthaltes die Ärzte mitteilten, daß er nur noch wenige Wochen zu leben habe, ist das schon erschütternd gewesen. Er war bis dahin »nur von dieser Welt«, und diese Welt brach nun zusammen. Sein Leben war ausgefüllt mit Geschäft, Sport und Familie. Kurz vorher hatte die Zeitung von der Neueröffnung seines Elektro-Hauses geschrieben. »Jetzt ist es soweit!« – stand dort in großen Buchstaben zu lesen. Und nun? Nein, er hatte keine Zeit und auch keine Antenne für Gott. Wozu auch? Hatte er sich doch sein eigenes Paradies gebaut. Nun aber erkannte er, daß dieses Paradies in Wirklichkeit eine Gefängniszelle war – eng, finster und hoffnungslos. Und da brach aus dem Unterbewußtsein die Sehnsucht auf. Es war nicht zuerst Sehnsucht nach Leben, sondern Sehnsucht nach Gott.

Ich weiß nicht, ob Sie das schon herausgefunden haben; aber das kann man doch von den meisten Menschen sagen, daß sie nur von dieser Welt sind. Es fehlt ihnen die Dimension des Jenseits, eben diese persönliche Beziehung zu Gott. Sie sind, wie es der Naturwissenschaftler Wilder-Smith einmal sagte, »Flachländer – Flächenwesen«. Sie sind Menschen, die nur auf der Fläche dieser Welt zu Hause sind, also ausschließlich diesseitsorientiert: Essen, Trinken, Arbeit, Vergnügen, Bildung, Sex, ein wenig Mitmenschlichkeit und gelegentlich ein Hauch Religion. Das Leben ist erschreckend flach. Das einzige, was noch an den eigentlichen Ursprung und an ihre Bestimmung erinnert, ist die Sehnsucht, diese geheimnisvolle Macht, die in stillen Stunden aufbricht.

## *Der Sturz in das »Flächendasein«*

Haben Sie einmal den Bericht der Bibel gelesen, der den Sündenfall beschreibt? Dort wird dieser Sturz in das Flächendasein sehr anschaulich geschildert. Als der Mensch der verführerischen Stimme Glauben schenkte und den verbotenen Griff tat, heißt es:

> *»Da wurden ihnen beiden die Augen aufgetan, und sie wurden gewahr, daß sie nackt waren« (1. Mose 3, 7).*

Man kann auch sagen: Da gingen ihnen die Augen auf, und sie erkannten, daß sie einem unheimlichen Betrug zum Opfer gefallen waren. Herrlichkeit hatten sie erwartet, auch Souveränität, vielleicht Macht, aber sie erhielten das Gegenteil. »Nackt« bezeichnet die Bibel den Zustand des von Gott abgefallenen Menschen. Das ist ein Bild tiefsten Verlustes. Sie waren beraubte, ausgezogene, ausgelieferte Menschen. Der Schritt in die Selbstverwirklichung, der Schritt in die Autonomie, war ein Sturz in den Todesraum des rein irdischen Lebens.

Darf ich Sie hier noch einmal an das Gedicht des Philosophen Nietzsche erinnern. Er schrieb: »Wer das verlor, was ich verlor, macht nirgends Halt.« Und er nennt dieses

Leben eine »Winter-Wanderschaft«, zu der er verflucht sei.

### *Notwendige Selbsterkenntnis*

Vielleicht kommt diese Frage für Sie sehr überraschend, aber ich möchte sie genau an dieser Stelle stellen: »Was empfinden Sie eigentlich nach dem bisher Gesagten? Können Sie irgendwelche Parallelen zu Ihrem eigenen Leben entdecken? Vielleicht wehren Sie sich zunächst – und doch müssen Sie möglicherweise zugeben, daß auch Ihr Leben von diesem »Sturz ins Flächendasein« gekennzeichnet ist. Sie sind beunruhigt und irritiert. So haben Sie die Dinge bisher noch nie gesehen.

Aber es ist wahr: Gott kommt in Ihrem Alltag kaum vor.

Sie stehen am Morgen auf – ohne Gott.

Sie frühstücken – ohne Gott.

Sie gehen zur Arbeit, zur Schule, zur Universität – ohne Gott.

Sie bleiben zu Hause oder kommen nach Hause – ohne Gott.

Sie gestalten Ihren Feierabend – ohne Gott.

Sie planen Ihre Urlaubsreise – ohne Gott.

Wo ist Gott in Ihrem Leben? Die Bibel sagt:

> *»Ob ihr nun eßt oder trinkt oder was ihr auch tut, das tut alles zu Gottes Ehre« (1. Korinther 10, 31).*

*»Alles, was ihr tut, das tut von Herzen als dem Herrn und nicht den Menschen« (Kolosser 3, 23).*

Tun Sie alles in der Gemeinschaft mit Gott? Ist Gott die prägende Mitte Ihres ganzen Seins? Können Sie mit einer tiefen Freude im Herzen »Vater« zu ihm sagen? Haben Sie einen »heißen Draht« zu ihm? Das sind die entscheidenden Fragen des Lebens. Wer sich ihnen stellt, erhält eine helfende Diagnose zur notwendigen Selbsterkenntnis. Erst wenn ich weiß, wo ich stehe, und erst wenn ich weiß, was auf dem Spiel steht, werde ich nach Veränderung Ausschau halten.

Vor einem Jahr traf ich einen Bekannten auf der Straße. Er saß in seinem Auto, hatte das Fenster heruntergekurbelt und winkte mir. Als er mir die Hand zum Gruß reichte, zuckte er zusammen, und ein leises »Au« kam über seine Lippen.

»Entschuldige bitte«, sagte er. »Ich bin seit einiger Zeit in Behandlung. Ich habe furchtbare Schmerzen im Rücken und kann den rechten Arm kaum bewegen. Gerade komme ich von der Massage. Aber es wird nicht besser.«

Kurze Zeit nach dieser Begegnung starb jener Bekannte. Der Arzt hatte eine falsche Diagnose gestellt. Er hatte Krebs. Es war bereits das Rückgrat angegriffen.

Der Mensch ist von einer tödlichen Krankheit befallen. Die Trennung von Gott zerstört seine Existenz und zerfrißt das gesamte gesellschaftliche Leben. Die Sehnsucht ist der Schmerz, den diese »Krankheit« auslöst. Gibt es eine Heilung dieser »Krankheit«?

## *»Jesus ist kommen«*

Die Heilung geht von Gott aus. Der Schöpfer trug Leid um den Menschen. Er konnte es nicht mit ansehen, wie wir in diesem »Flächendasein« verkommen. Er wollte unter allen Umständen den gefallenen Menschen zu sich zurückholen. So startete er die wunderbarste Rettungsaktion der Geschichte.

Dabei feuerte Gott den Menschen nicht zu religiösen Leistungen an. Er rief den Menschen nicht auf, sich mit frommen Klimmzügen mühsam zu ihm zurückzuarbeiten. Keiner hätte das geschafft. Das Evangelium sagt das Gegenteil: Gott kam zu uns. Er betrat die »Fläche« unseres Daseins. Er kam in den Todesraum des Menschen. Die Liebe trieb ihn zu uns.

*Jesus ist kommen, Grund ewiger Freuden;*
*A und O, Anfang und Ende steht da.*
*Gottheit und Menschheit vereinen sich beide;*
*Schöpfer, wie kommst du uns Menschen so nah!*

Vor 2000 Jahren haben Engel das einigen zu Tode erschrockenen Schafhirten zugerufen:

*»Euch ist heute der Retter geboren, welcher ist Christus, der Herr« (Lukas 2, 11).*

»Retter« – das muß aufhorchen lassen. Ein Retter ist ja nur dort nötig, wo es Verlorene gibt. Oder haben Sie jemals gehört, daß ein Rettungsboot in See sticht, wenn alles ruhig ist und kein SOS gefunkt worden ist? Keine Feuerwehrmannschaft wird unter Einsatz des Lebens und in höchster Eile vor einem Haus die Feuerwehrleiter ausfahren, wenn es nicht brennt. Eine Übung ist also auszuschließen – denn Gott wurde nicht Mensch, um für einen eventuellen Ernstfall zu üben. Die Menschwerdung Gottes ist Ernstfall. Der Schöpfer der Welt wird zum Retter der Welt. Und das ist wohl das untrüglichste Zeichen dafür, wie »hoffnungslos verloren« die Menschheit ist. Gott selbst mußte kommen. Das konnte kein Engel übernehmen und erst recht kein Mensch.

Ist uns jemals bewußt geworden, was da eigentlich geschehen ist? Die Bibel sagt, daß Gott in jener Nacht die Mauer durchstoßen hat, die unsere Welt von der Welt Gottes trennt. Er hat dort damit begonnen, die todbringende Trennung aufzuheben und dem Menschen wieder Zugang zu sich selbst und zur Ewigkeit zu ermöglichen.

Und als Jesus dann durch Palästina zog, erkannten die Menschen in ihrer Sehnsucht: Das ist er. Nach ihm haben wir immer schon gesucht. Sie spürten: In diesem Jesus von Nazareth kommt das Paradies auf die Erde zurück. Viele gingen ihm nach. Sie umlagerten ihn. Tausende saßen tagelang mit ihm zusammen am Rand der Wüste. Sie drängten sich am See. Sie wollten ihn hören und bei ihm sein. Unter ihnen waren auch Reiche, die längst entdeckt hatten, daß der Reichtum die Sehnsucht nicht stillt.

Einer von diesen Reichen war der Zollbeamte Zachäus. Ihm begegnet Jesus. Ein unvergeßlicher Tag. Wir lesen in der Bibel: »Zachäus nahm Jesus mit Freuden auf.« Diese Begegnung verwandelte sein Leben und seine Einstellung grundlegend.

Da waren Prostituierte, die erleben mußten, daß Sex nicht glücklich macht.

Einmal wurde ein solches Mädchen zu Jesus geschleppt. Die Pharisäer wollten sie steinigen, aber zuvor Jesu Meinung hören. Jesus rettete sie mit dem Satz: »Wer unter euch ohne Sünde ist, der werfe den ersten Stein.«

Da waren Religiöse, die in ihrer Religion nicht ein erfülltes Leben fanden.

Ein solcher, ein führender Theologe aus Jerusalem, schlich sich in einer Nacht zu Jesus. Er war unfehlbar in seiner Religionsausübung, aber zugleich leer in seinem Herzen. Er sehnte sich nach der Lebensqualität, die Jesus hatte. Und Jesus bot sie ihm an.

Da waren Junge und Alte, Bettler, Kranke und Besessene. Da war ein riesiger Menschenstrom, der sich zu Jesus hinbewegte. Sie alle spürten: Hier begegnet die Ewigkeit der Zeit. Hier begegnet das Unvergängliche dem Vergänglichen. Hier ist die vollkommene Liebe Gottes. Hier ist der, der uns aus dem Meer der Hoffnungslosigkeit reißen kann. Hier ist wirkliches Leben.

## *Ein zerrissener Vorhang*

Dann sehen wir, wie Jesus Christus in einem Prozeß verurteilt wird. Er, der wirklich Gott war, wird wegen Gotteslästerung angeklagt. Die Bibel sagt:

> *»Die Menschen liebten die Finsternis mehr als das Licht, denn ihre Werke waren böse« (Johannes 3, 19).*

Wieder einmal siegte zuerst der Haß. Der Sündenfall von einst wiederholte sich. »...ihre Werke waren böse«, so lesen wir. Jesus wurde durch die Straßen von Jerusalem gestoßen. Auf seinem blutig gegeißelten Rükken schleppte er einen großen Balken. Um ihn her schreiende, fluchende, aber auch weinende Menschen. Die Menschenmasse wälzte sich zum Hinrichtungshügel, jenem gräßlichen Kalksteinberg, der vor Jerusalem lag. Dort stießen sie die »Liebe Gottes« auf den Kreuzesbalken und nagelten seine Hände und Füße daran fest. Dann richteten sie triumphierend das Kreuz auf und keilten es im Sandstein fest.

Ich glaube an das, was die Bibel dazu sagt:

*»Siehe, das ist Gottes Lamm, das der Welt Sünde trägt« (Johannes 1, 29).*

*»Als er gemartert ward, litt er doch willig und tat seinen Mund nicht auf wie ein Lamm, das zur Schlachtbank geführt wird« (Jesaja 53, 7).*

*»Es ist ein Gott und ein Mittler zwischen Gott und den Menschen, nämlich der Mensch Christus Jesus, der sich selbst gegeben hat für alle zur Erlösung« (1. Timotheus 2, 5. 6).*

An diesem Freitag nachmittag, als eine Sonnenfinsternis die gaffenden Menschen unter dem Kreuz auseinandertrieb und ein Erdbeben die Umgebung von Jerusalem erschütterte, geschah wenige Kilometer von Golgatha entfernt im Tempel zu Jerusalem etwas Seltsames.

In der Mitte des Tempelbereiches war das »Allerheiligste« – ein kleiner Raum, in dem die »Bundeslade«, das Zeichen der heiligen Gegenwart Gottes, aufbewahrt wurde. Nur einmal im Jahr, am großen Versöhnungstag, durfte der Hohepriester diesen Raum betreten, und das auch nur dann, wenn er eine Schale mit Opferblut in seinen Händen hielt. Für alle anderen war dieser Raum unzugänglich. Er symbolisierte das Paradies, das nach dem Sündenfall verschlossen war. Dieses Allerheiligste war durch einen dichtgewebten Vorhang, einem Teppich gleich, vom Heiligtum abgegrenzt. Es gab kein Fenster in diesem Raum, auch kein irdisches Licht konnte je in diesen Bereich fallen. Aber an jenem Nachmittag, als Jesus Christus im Sterben rief »Es ist vollbracht!« – da zerriß dieser dichte Vorhang von oben bis unten. Das »Allerheiligste« war aufgesprengt. Jeder konnte nun hineinsehen, und wer wollte, der konnte auch hineingehen.

Als Jesus Christus dort am Kreuz die Sünden aller Menschen auf sich nahm, erhielt er von Gott das Recht, das verschlossene Tor des Paradieses »aus den Angeln zu heben«. Der zerrissene Vorhang sagt uns, daß das Paradies wieder offen ist. Der Himmel, die Welt Gottes, ist für den Menschen nicht mehr »tabu«. Das hat Jesus Christus getan. Darum ist er der Retter der Welt.

Es war keine Gotteslästerung und auch keine wahnsinnige Überheblichkeit, als Jesus sagte:

> *»Ich bin der Weg und die Wahrheit und das Leben; niemand kommt zum Vater denn durch mich« (Johannes 14, 6).*

Jesus Christus hat das mit seinem Blut besiegelt.

Es war kein unüberlegter Ausrutscher, als er seinen Zeitgenossen zurief:

*»Ich bin die Tür, wenn jemand durch mich hineingeht, wird er selig werden« (Johannes 10, 9).*

Auch das hat Jesus Christus mit seinem Blut besiegelt.

Wir werden ewig leben, wenn wir diesen Weg beschreiten, der Jesus heißt. Wir werden ewig leben, wenn wir durch die Tür gehen, über der der Name »Jesus« steht. Der Fluch, »nur von dieser Welt zu sein«, ist durch Jesus aufgehoben. Ein wunderbares Verheißungswort steht über allen, die zu Jesus gehören. Es lautet: »Wir sind nicht mehr von dieser Welt.«

## Wir sind nicht mehr von dieser Welt

Jesus Christus hat von den Menschen, die ihm nachfolgten, gesagt:

*»Sie sind nicht von der Welt, wie auch ich nicht von der Welt bin« (Johannes 17, 16).*

Der Apostel Paulus schrieb an die Christen in Philippi:

*»Unser Bürgerrecht ist im Himmel« (Philipper 3, 20).*

Das sind geradezu revolutionäre Worte. Sie zeigen an, daß etwas Unbeschreibliches in denen geschehen ist, die sich Jesus Christus übereignet haben. Jesus Christus spricht von einer »neuen Geburt«. Paulus nennt es eine

»neue Schöpfung« oder spricht von einem »neuen Menschen, der nach Gott geschaffen ist«. In einem Brief des Apostels Petrus lesen wir:

> *»Gelobt sei Gott, der Vater unseres Herrn Jesus Christus, der uns nach seiner großen Barmherzigkeit wiedergeboren hat zu einer lebendigen Hoffnung durch die Auferstehung Jesu Christi von den Toten« (1. Petrus 1, 3).*

Über den Menschen im Paradies standen die Worte: Sie sind nicht nur von dieser Welt. Über der Menschheit nach dem Sündenfall stehen die Worte: Sie sind nur noch von dieser Welt. Von denen aber, die zu Jesus Christus, dem Sohn Gottes, gehören, wird gesagt: Sie sind nicht mehr von dieser Welt. Das ist etwas absolut Neues. Christen sind von neuem geboren, um ewig zu leben. Darum hat Jesus Christus gesagt:

> *»Ich bin die Auferstehung und das Leben. Wer an mich glaubt, der wird leben, auch wenn er stirbt« (Johannes 11, 25).*

## *Sie wurden neue Menschen*

Das Telephon schellt. Als ich den Hörer abnehme, höre ich eine bekannte Stimme. Ein junger Mann aus einem weit entfernten Jugendkreis bittet mich, einen 19jährigen an meinem Wohnort zu besuchen. Er war vor wenigen Tagen bei einem Ferienaufenthalt in ihrem Jugendabend aufgetaucht. Die Bibelarbeit, die Gebetsgemeinschaft und dann die persönlichen Gespräche über den Glauben hatten ihn sehr beeindruckt. Noch nie war er jungen Leuten begegnet, die so überzeugt und begeistert von Jesus sprachen. Da mußte doch etwas dran sein. Er interessierte sich dafür.

Als ich am darauffolgenden Nachmittag sein Zimmer betrat, lag die Bibel aufgeschlagen auf einem kleinen runden Tisch. In einer Ecke sah ich einen Fußball und ringsum an den Wänden Bilder von bekannten Fußballmannschaften, Fußballwimpel und einige Pokale. Ich erfuhr, daß er selbst in einer Oberligamannschaft Nachwuchsspieler ist.

»Und was soll das?« fragte ich und zeigte auf die Bibel.

»Ich lese darin seit einigen Tagen«, sagte er. Danach erzählte er mir von jener Begegnung im Jugendabend.

»Und jetzt willst du von mir genauere Informationen über den Glauben«, bemerkte ich.

»Eigentlich erwarte ich mehr«, war seine Antwort. »Ich möchte das tun, was diese jungen Freunde auch getan haben. Wie nannten sie es?«

»Entscheidung für Jesus«, half ich ihm.

»Ja! Genau das.«

An diesem Nachmittag kniete ein junger Mann in seinem Zimmer nieder und bat Jesus

Christus, in sein Leben zu kommen und die Führung zu übernehmen.

Es war eine radikale Wende. Sein Vater sprach mich später daraufhin an. Er war ziemlich durcheinander, als er mir sagte, daß seit jener ersten Begegnung der Fußball vom ersten auf den letzten Platz gerückt sei. Etwas ganz anderes stand plötzlich im Mittelpunkt: Gott dienen und dem Nächsten helfen. Er tat es, wo immer sich eine Gelegenheit bot. Seine Fußballfreunde und sein Trainer haben das nicht verstanden. Er war nicht mehr von dieser Welt.

»Ich sah nicht die tausend Menschen im Missionszelt«, sagte die Frau im mittleren Alter. »Ich hörte nur noch das Wort Jesu: Komm und folge mir nach! Da bin ich aufgestanden und nach vorne gelaufen. Ich wollte nur noch eins, ich wollte zu Jesus gehören und sein Eigentum sein.«

Die Frau, die vor mir stand, berichtete das begeistert. Ihre Augen strahlten. Und dann bat ich sie, noch etwas mehr von diesem Ereignis zu berichten.

Sie war an diesem Abend zum ersten Mal in unser Missionszelt gekommen. Man kannte sie, denn sie hatte am Ort ein gutbesuchtes italienisches Eiscafé. So setzte sie sich abwartend auf den hintersten Platz. Aber bald hatte sie alles um sich herum vergessen. Das Evangelium packte sie. So hatte sie das noch nie gehört. Und dann kam der Ruf zur Lebensentscheidung für Jesus Christus. Da wußte sie: »Das ist meine Chance!« Ich hörte, daß ihr Mann kurze Zeit später Christ wurde, ebenso ihre Bedienung. Im Eiscafé werden nun Glaubensgespräche geführt, und weil sich die christliche Gemeinde am Mittwochabend zur Bibelstunde trifft, haben sie um diese Zeit die Eisdiele geschlossen. Sie sind nicht mehr von dieser Welt.

## *Veränderte Lebensperspektiven*

Christen leben in dieser Welt, und sie tragen auch Weltverantwortung. Es ist ihnen nicht egal, was auf dieser Erde geschieht. Sie stehen mit beiden Beinen im Leben. Christus ist nicht nur ihr Erlöser aus Sünde, Gebundenheiten und ewigem Tod, er ist auch ihr Herr.

Er half – sie wollen helfen.
Er tröstete – sie wollen trösten.
Er liebte – sie wollen lieben.
Er diente – sie wollen dienen.

Aber sie vergessen bei allem Einsatz in der Welt nicht, daß ihr Herr gesagt hat:

> *»Mein Reich ist nicht von dieser Welt« (Johannes 18, 36).*

Darum werden sie nie darin aufgehen, diese vergängliche Welt zu retten durch Friedensengagement und Umweltschutz, durch politische und soziale Aktionen. Sie wollen »Frucht bringen, die bleibt«, wie Jesus es gesagt hat. Darum setzen sie alles ein, den Missionsauftrag Jesu zu erfüllen:

> *»Geht nun zu allen Völkern der Welt und macht die Menschen zu meinen Jüngern« (Matthäus 28, 19 nach der »Guten Nachricht«).*

Weil sie selbst als Suchende heimgefunden haben, setzen sie alles ein, daß auch andere heimfinden. Weil sie ewiges Leben erhalten haben, möchten sie, daß alle, die dem Tod ausgeliefert sind, zum ewigen Leben befreit werden. Die Sehnsucht führte sie zu Jesus, nun führt sie eine neue Sehnsucht zu den Verlorenen. Sie haben ein Leitmotiv für ihr Leben gewählt. Es lautet:

> *»Christus ist darum für alle gestorben, damit, die da leben, hinfort nicht sich selbst leben, sondern dem, der für sie gestorben und auferstanden ist« (2. Korinther 5, 15).*

»Nicht für sich selbst leben, sondern für Christus leben« – ist das neue Motto.

## *Zum ewigen Leben gerufen*

Ich möchte Sie noch einmal ganz persönlich ansprechen: Gehören Sie schon zu den Menschen, die sagen können: »Ich habe nach Hause gefunden«? Gehören Sie zu denen, die mit bewegtem und dankbarem Herzen

»Vater« sagen können? Leben Sie mit der Ewigkeitsgewißheit im Herzen, so daß Sie mit dem Apostel Paulus sagen können:

*»Ich bin gewiß, daß weder Tod noch Leben, weder Engel noch Mächte noch Gewalten, weder Gegenwärtiges noch Zukünftiges, weder Hohes noch Tiefes noch eine andere Kreatur uns scheiden kann von der Liebe Gottes, die in Christus Jesus ist, unserm Herrn« (Römer 8, 38. 39).*

Dazu hat Sie Jesus Christus gerufen, und er ruft Sie jetzt. Jesus hat gesagt: »Komm, folge mir nach!«

»Komm!« – das ist eines der aufregendsten Worte der Bibel. Es trifft den Menschen im Gewissen. Es schafft Unruhe. Es fordert zur Antwort heraus und zwar zu einer verbindlichen, das ganze Leben umgreifenden Antwort. Es ist so, als ob der Schöpfer selbst seine Hand auf einen Menschen legt und fragt: »Willst du jetzt? Bist du nun bereit, dich mir ganz anzuvertrauen?«

Geben Sie Gott eine klare Antwort. Sagen Sie jetzt im Gebet: »Herr Jesus Christus, ich will dir gehören. Nimm du bitte mein ganzes Leben in deine Hand.«

Wenn Sie das tun, gehören Sie zu denen, die ewig leben werden.

# Jenseits

»Und ich sah die Toten, groß und klein,
stehen vor dem Thron Gottes.«
(Offenbarung 20, 12)

## *Diesseits des Grabes*

»Woher kommen diese Leute?« fragte ich leise den neben mir sitzenden Pfarrer.

»Aus der Ukraine«, erklärte er. »Beobachten Sie einmal, wie gespannt sie zuhören. Sie haben noch nie eine Evangelisation erlebt. Diese Art der Evangeliumsverkündigung ist ihnen ganz neu.«

Diese Unterhaltung wurde auf der Bühne einer Turnhalle kurz vor einer evangelistischen Veranstaltung geführt.

Während die Halle sich füllte, schaute ich immer wieder einmal zu jener Gruppe, die vorn auf der rechten Seite des Saales Platz genommen hatte. Schon ihre Kleidung fiel auf. Sie waren fast alle dunkel gekleidet, auch die jungen Leute.

Der Pfarrer des Ortes hatte recht: Sie hörten während des Vortrags aufmerksam zu. Es schien so, als wollten sie sich kein Wort entgehen lassen. Es war so auffallend, daß ich an das Bibelwort erinnert wurde: »Da ging's ihnen durchs Herz.«

In der Tat – es ging ihnen durchs Herz. Als ich zum ersten Mal zur Entscheidung für Christus nach vorn rief, standen viele von ihnen auf. Sie kamen. Einige hatten Tränen in den Augen. Andere falteten die Hände. Unter ihnen stand eine ganze Familie: Vater, Mutter, der vielleicht neunzehnjährige Sohn und die etwas jüngere Tochter. Es war ein Abend der Freude. Wir beteten mit ihnen, und sie erlebten Vergebung ihrer Sünde und Gewißheit des ewigen Lebens.

Zwei oder drei Tage danach ereignete sich etwas Erschütterndes. Jener junge Mann, der mit seinen Eltern nach vorn getreten war und dann Jesus in sein Leben aufgenommen hatte, bemerkte plötzlich kurz vor Beginn der evangelistischen Veranstaltung, daß er seine Tonbandkassette zu Hause liegengelassen hatte. Neben ihm saß ein anderer junger Mann, den er bat, ihn schnell nach Hause zu fahren.

Draußen regnete es. In einer Kurve kam der Wagen ins Schleudern und prallte gegen einen Betonmast. Der Fahrer kam mit dem Leben davon, aber jener junge Mann starb in dem völlig zertrümmerten Fahrzeug.

Wir waren alle tief betroffen – und doch zugleich auch getröstet. Wir wußten, daß der junge Mann nun in der neuen Welt Gottes ist. Er hatte ja sein Leben Gott anvertraut – und das erst wenige Tage vor dem so plötzlichen Abruf Gottes.

Viele Menschen stellen am Grab die tiefgreifendsten Fragen des Lebens: Was geschieht jenseits des Sterbens? Gibt es ein Weiterleben nach dem Tod? Werde ich für mein Leben vor einer letzten Instanz zur Rechenschaft gezogen? Wird der Mensch als Persönlichkeit weiterexistieren, oder geht er in eine sogenannte

»Kollektivseele« auf? Gibt es im Jenseits mehrere Lebensmöglichkeiten?

## *Was Wissenschaftler dazu sagen*

Der Psychiatrieprofessor Dr. Stevenson von der Universität Virginia, der seit 20 Jahren die verschiedensten, auf ein Leben nach dem Tod hindeutenden Anzeichen untersucht hat, erklärt: »Es verdichten sich die Beweise dafür, daß wir nach dem Tod tatsächlich weiterleben. Ich halte es für ein Gebot der Klugheit, sich innerlich auf diese Möglichkeit vorzubereiten.«

Dr. Fred W. Schoonmaker, Leiter der Abteilung für Herzgefäßkrankheiten am St.-Lukas-Krankenhaus in Denver, hat die Sterbeerlebnisse von 2300 Patienten, die das Leben wiedererlangten, gesammelt. Alle berichten von einer anderen Dimension, in die sie eintreten durften.

Ein Direktor des Neurologischen Instituts in Montreal sagt in einem Vortrag: »Unser Gehirn birgt einen ununterbrochenen Bericht unserer Vergangenheit wie einen Filmstreifen, vollständig und mit Ton. Dieser Film hat unser gesamtes Leben festgehalten von der Kindheit an. Wir können alle Szenen noch einmal erleben, wenn ein Chirurg elektrische Stromstöße auf gewisse Stellen der Hirnrinde richtet.«

Könnte das eine Erklärung für das sein, was die Bibel das Gericht vor dem Thron Gottes nennt? Dort heißt es:

> *»... und Bücher wurden aufgetan. Und die Toten wurden gerichtet nach dem, was in den Büchern geschrieben steht« (Offenbarung 20, 12).*

## *Argumente der Bibel*

Die Diskussion um die Frage eines Weiterlebens nach dem Tod ist nichts Neues. Schon der Apostel Paulus und auch Jesus Christus setzten sich mit Menschen auseinander, die eine Auferstehung rundweg ablehnten.

Solche Leute gab es sogar in der Christengemeinde von Korinth. Paulus schreibt ihnen:

> *»Jesus Christus ist vom Tod erweckt worden, und das gibt uns die Gewähr dafür, daß auch die übrigen Toten auferstehen werden« (1. Korinther 15, 20 nach der »Guten Nachricht«).*

»Jesus Christus ist vom Tod erweckt worden«, ruft also Paulus den Skeptikern in Korinth zu. Diese Aussage konnten sie nur schwer in Frage stellen. Dafür gab es noch genug »lebende« Beweise. Rund fünfhundert Adressen von Leuten, die Jesus nach seiner Auferstehung gesehen und gesprochen hatten, konnte Paulus ihnen auf den Tisch legen:

> *»Jesus ist gesehen worden von Kephas, da-*

> *nach von den Zwölfen. Danach ist er gesehen worden von mehr als fünfhundert Brüdern auf einmal, von denen die meisten noch heute leben ... Danach ist er gesehen worden von Jakobus, danach von allen Aposteln« (1. Korinther 15, 5–7).*

Wenn aber Jesus Christus von den Toten auferweckt wurde, dann ist das doch ein schlagender Beweis dafür, daß es ein Weiterleben nach dem Tod gibt. Und dann nimmt Paulus allen Skeptikern den Wind aus ihren liberalen Segeln, indem er folgende umgekehrte Gleichung aufstellt:

> *»Gibt es keine Auferstehung der Toten, so ist auch Christus nicht auferstanden« (1. Korinther 15, 13).*

Damit hatte der erste Theologe der christlichen Kirche sie endgültig in die Enge getrieben.

»Warum seid ihr überhaupt Christen?« fragte er sie. »Wenn Christus nicht auferstanden ist, dann war doch sein ganzes Leben ein Betrug. Oder glaubt ihr im Ernst, daß der Sohn Gottes für immer von der Bildfläche verschwindet? Wenn Jesus nicht auferstanden ist, dann war er auch nicht Gottes Sohn. Und wenn er nicht Gottes Sohn war, was er ja zu sein behauptete, dann muß er logischerweise ein Betrüger gewesen sein, und wir alle sind dann Betrogene. Dann ist auch jede Predigt ein sinnloses Gefasel und euer Glaube nur ›Opium für das Volk‹. Wenn es also keine Auferstehung der Toten gibt, dann laßt uns mutig und ehrlich die Kirchen zumachen. Dann sollte an jeder Kirchentür das Schild hängen: ›Wegen Betrug geschlossen‹. Das ist dann das Ende aller Hoffnung.«

Paulus hat das nicht genauso mit diesen Worten gesagt, aber das war der Inhalt seines Angriffs. Lesen Sie einmal die Verse 12–19 in 1. Korinther 15. Sie lassen an Deutlichkeit nichts zu wünschen übrig.

Auch Jesus Christus hat in einer Auseinandersetzung mit linken Theologen über das Thema »Jenseits des Grabes« ein schlagendes Argument für die Auferstehung der Toten gebracht.

Jesus hat gesagt:

> *»Habt ihr denn nicht gelesen von der Auferstehung der Toten, was euch gesagt ist von Gott, der da spricht (2. Mose 3, 6): ›Ich bin der Gott Abrahams und der Gott Isaaks und der Gott Jakobs‹? Gott ist nicht ein Gott der Toten, sondern der Lebenden« (Matthäus 22, 31. 32).*

»Ich bin der Gott Abrahams und der Gott Isaaks und der Gott Jakobs« – so hatte Gott sich Mose am brennenden Busch vorgestellt. Als Gott diese Worte sprach, waren Abraham, Isaak und Jakob schon 400 Jahre tot. Wenn es kein Weiterleben nach dem Tod gibt, dann hatte Gott sich ja als ein Gott von drei längst vermoderten Leichen vorgestellt. Das zu denken ist aber absurd.

Wir wissen nicht, wie jene Theologen darauf reagierten. Aber wir wissen, wie das Volk reagierte:

> *»Als das Volk das hörte, entsetzten sie sich über seine Lehre« (Matthäus 22, 33).*

Die »Gute Nachricht« überträgt diese Stelle so:

> *»Die Zuhörer waren von dieser Antwort tief beeindruckt.«*

»Tief beeindruckt!« Genau das war es, denn die Antwort traf ins Schwarze. Sie war von bestechender Logik. Ihr konnte nicht widersprochen werden.

## *Keine Beweise*

Ich habe nicht vor, hier irgendwelche Beweise über ein Weiterleben nach dem Tod zu bringen. Wir können das, was jenseits des »Ereignishorizontes« liegt, nicht im Reagenzglas untersuchen. Die Ewigkeit entzieht sich dem Zugriff der Zeit.

Christen bezeugen, daß es ein Weiterleben jenseits des Grabes gibt, weil ihnen Gott diese Gewißheit ins Herz gegeben hat. Der Apostel Johannes schreibt darum:

> *»Das ist das Zeugnis, daß uns Gott das ewige Leben gegeben hat, und dieses Leben ist in seinem Sohn. Wer den Sohn hat, der hat das*

*Leben; wer den Sohn Gottes nicht hat, der hat das Leben nicht. Das habe ich euch geschrieben, damit ihr wißt, daß ihr das ewige Leben habt« (1. Johannes 5, 11–13).*

Es ist an dieser Stelle auch interessant, daß Jesus Christus in einem Gleichnis ein Zwiegespräch aus dem Jenseits berichtet: Ein verstorbener reicher Mann wartet im Totenreich auf den Tag des Gerichts. Er weiß, daß er falsch gelebt hat und daß es für ihn keine Hoffnung gibt. Im »Diesseits« leben noch fünf Brüder von ihm, die an kein Weiterleben nach dem Tod und darum auch an kein Gericht und an keine Hölle glauben. Er möchte sie gern warnen und bittet Abraham, den er jenseits des Totenreiches im Paradies sieht, seine Brüder zu warnen. Abraham aber schlägt diese Bitte mit folgender Begründung aus:

*»Sie haben Mose und die Propheten, die sollen sie hören« (Lukas 16, 29).*

Mit Mose und den Propheten sind die Schriften des Alten Testamentes gemeint. In ihnen können sie alles Notwendige über das Jenseits, über Auferstehung und Gericht nachlesen.

Der verstorbene reiche Mann antwortet darauf:

*»Nein, Vater Abraham, sondern wenn einer von den Toten zu ihnen ginge, so würden sie Buße tun« (Lukas 16, 30).*

Abraham aber weist das zurück und sagt:

*»Hören sie Mose und die Propheten nicht, so werden sie sich auch nicht überzeugen lassen, wenn jemand von den Toten auferstünde« (Lukas 16, 31).*

Selbst handgreifliche Beweise, wie etwa eine Totenerscheinung, werden einen Menschen nicht überzeugen, wenn er die Aussagen der Bibel anzweifelt. Darum ist jedes Überzeugenwollen in Diskussionen über das Jenseits ein sinnloses Unterfangen. Wir bezeugen auf Grund der biblischen Aussagen, daß es ein Weiterleben nach dem Tod gibt.

Hier erinnere ich mich an eine originelle Aussage des Jugendpfarrers Wilhelm Busch. Einem »Jenseitsleugner« sagte er fröhlich: »Warten wir ab. In hundert Jahren wissen wir genau Bescheid.«

## *Zwei »seltsame Straßen«*

Die Bibel sagt, daß unser Leben hier unser Weiterleben dort ganz entscheidend mitbestimmt. Am Ende der berühmtgewordenen Bergpredigt hat das Jesus Christus unüberhörbar gesagt:

*»Geht durch die enge Tür! Denn das Tor, das ins Verderben führt, ist breit und die Straße dorthin bequem. Viele sind auf ihr unterwegs. Aber die Tür, die zum Leben führt, ist eng und der Weg dorthin anstrengend. Nur*

*wenige gehen ihn« (Matthäus 7, 13. 14 nach der »Guten Nachricht«).*

In diesem Bildwort hat Jesus Christus beides miteinander verbunden – Zeit und Ewigkeit, Leben im Diesseits und Weiterleben im Jenseits.

Er sagt, daß zwei Straßen – nur zwei Straßen – durch dieses Leben führen. Die eine ist sehr breit. Man könnte sie mit einer Autobahn vergleichen. Die andere ist eng. Vielleicht hat Jesus hier an einen Bergpfad gedacht. Und beide, die Straße und der Weg, enden nicht am Grab, sondern sie haben jenseits des Grabes ihre Fortsetzung.

Die »Autobahn« geht in eine ganz bestimmte Richtung weiter. Die Bibel spricht davon, daß sie ins Verderben führt, in den Untergang, ins Gericht Gottes.

Auch der »Bergpfad« führt im Jenseits auf ein Ziel zu. Hier ist von Leben, von Heil und Geborgenheit die Rede.

Wer also in diesem Leben auf der »breiten Straße« – oder wie wir gesagt haben – auf der »Autobahn« unterwegs war, der wird nicht plötzlich im Jenseits dort ankommen, wo der »Bergpfad« hinführt. Das muß doch jedem einleuchten. Aber offenbar rechnen viele an der Schwelle zwischen Diesseits und Jenseits mit einem außergewöhnlichen Wunder. »Es wird schon irgendwie gutgehen«, ist ihre Meinung, und sie leben gedankenlos und gleichgültig weiter. Ein altes, aber sehr dummes Sprichwort sagt: »Lustig gelebt und selig gestorben, das ist dem Teufel die Rechnung verdorben.« Aber die Bibel behauptet genau das Gegenteil. Sie ist auch an dieser Stelle von bestechender Logik.

Bei Ereignissen, die das Jenseits oder die Gottesbeziehung betreffen, finden wir ebenso logische Gesetzmäßigkeiten wie im alltäglichen Lebensbereich. Kein normaler Autofahrer rechnet doch damit, wenn er am Stuttgarter Autobahnkreuz in Richtung Karlsruhe fährt, daß er in München ankommt. Wer in Richtung Karlsruhe fährt, der kommt auch in

Karlsruhe an und nicht irgendwo an einem Traumziel.

Ich wiederhole diese wichtige Wahrheit: Das Leben im »Diesseits« und das Weiterleben im »Jenseits« sind untrennbar miteinander verbunden.

## *Die »breite Straße«*

Die Straße, die zuerst ins Auge fällt, ist die sogenannte »breite Straße«. Wir sehen einen riesigen Menschenstrom – Millionen von Menschen. »Viele sind auf ihr unterwegs«, sagt Jesus. Es ist eine bequeme Straße – eine Straße ohne nennenswerte Widerstände. Man kann mit »dem Strom schwimmen«. Die allgemeingültigen Maßstäbe werden akzeptiert. Was gerade »in« ist, wird mitgemacht. Die »Situationsethik« beherrscht das Feld. Es ist Platz für alle. Die Bandbreite ist groß. Auf der »breiten Straße« finden wir Arme und Reiche, Gebildete und Ungebildete, ethisch Hochstehende und moralisch Verwerfliche. Dort sind solche, die für den Frieden kämpfen und solche, die Bomben legen. Da sind radikale Gottesleugner und auch religiöse Leute. Eigentlich gibt es keine einheitliche Norm für die Menschen, die dort leben. Alles ist möglich.

Jesus Christus sagt, daß unter ihnen auch viele sein werden, die todsicher glauben, Gott werde sie mit offenen Armen »Jenseits des Grabes« empfangen. Aber welch eine schreckliche Täuschung. Der Weltenrichter wird in der Stunde des Gerichts zu ihnen sagen:

> *»Ich habe euch nie gekannt. Ihr habt versäumt, nach Gottes Willen zu leben; fort mit euch!« (Matthäus 7, 23 nach der »Guten Nachricht«).*

Es waren religiöse Aktivisten. Sie haben viel frommen Betrieb gemacht und das Räderwerk der Kirche in Gang gehalten. Im Gericht weisen sie auf beeindruckende Leistungen hin:

> *»Herr, Herr! In deinem Namen haben wir Weisungen Gottes verkündet, in deinem Namen haben wir böse Geister ausgetrieben und viele Wunder getan« (Matthäus 7, 22 nach der »Guten Nachricht«).*

Was hier geschehen ist, war also nicht nur religiöse Schaumschlägerei. Sie konnten Fakten und beeindruckende Ergebnisse auf den Tisch legen. Ihre Taten waren statistisch nachweisbar. Aber merken Sie den faulen Trick? Ein kleines Wort verrät ihre ganze Haltung: »Wir haben«. »Wir haben!« – darauf liegt die Betonung. »Was haben wir nicht alles geleistet«, sagen sie im Brustton der Überzeugung. »Herr, wir waren doch deine besten Leute auf dieser Erde. *Wir* haben gepredigt. *Wir* haben Dämonen ausgetrieben. *Wir* haben Wunder getan. *Wir* haben gespendet. *Wir – wir.*«

Natürlich ist das, was sie getan haben, nicht falsch. Wer wollte das behaupten? Aber das Richtige ist in der falschen Haltung geschehen. Wir dürfen nie vergessen, daß Gott immer zuerst das Herz ansieht. Der Sündenfall ereignete sich, als der Mensch sich in den Mittelpunkt schob. Darum ist es auch Sünde, wenn ein Mensch sich mit seinen frommen Leistungen in die Mitte rückt.

Es hat mich tief beeindruckt, daß der weltbekannte Evangelist Billy Graham sagte: »Wenn ich vor der Pforte zum Königreich der Himmel stehe, und man fragt mich nach dem Losungswort, dann werde ich nicht sagen: ›Herr, ich habe vor großen Menschenmassen gepredigt.‹ Ich werde nicht sagen: ›Herr, ich habe die ganze Bibel durchgelesen.‹ Ich werde auch nicht sagen: ›Herr, ich hatte eine wunderbare, fromme Frau. Ich komme aufgrund ihrer guten Werke.‹ Nein, ich werde sagen: ›Herr, ich verlasse mich auf das Blut Jesu. Denn das Blut Jesu Christi, deines Sohnes, reinigt mich von aller Sünde.«

Diese Haltung finden wir bei keinem Menschen, der auf der »breiten Straße« unterwegs ist.

## *Der »schmale Weg«*

Vor Jahren wurde ein junger Mann in unsere christliche Teestube eingeladen. Es gefiel ihm.

Die Lieder, die Atmosphäre, die offenen Gespräche über Glaubensfragen – das alles beeindruckte ihn und zog ihn an. Er war ein »religiöser Typ«, wie man so sagt. Er spielte in einem christlichen Posaunenchor mit und ging sonntags zur Kirche. Darum fühlte er sich auch von der ersten Begegnung an dazugehörig. Wochen vergingen. Bernd war fast an jedem Teestubenabend dabei. Dann aber geschah etwas Einschneidendes. An einem Abend hörte er eine Predigt über den breiten und den schmalen Weg. Plötzlich erkannte er seinen eigenen Standort. Ihm ging schlagartig auf, daß er noch auf der »breiten Straße« war. In seinem Leben hatte noch nicht ein wirklicher Wechsel von der breiten Straße auf den schmalen Weg stattgefunden. Er hatte keine Entscheidung für Jesus getroffen und war nie umgekehrt. So wurde dieser Abend zu einem entscheidenden Anstoß. Wenige Tage später, während einer Evangelisation, übergab er sein Leben Jesus Christus.

Zwischen der »breiten Straße« und dem »schmalen Weg« steht das Kreuz Jesu Christi. Wir müssen an ihm vorbei, um auf den »schmalen Weg« zu kommen. Das Kreuz bedeutet, daß wir Jesus Christus und sein Opfer als die ausschließliche Möglichkeit anerkennen, um in die ewige Welt Gottes zu kommen. Das Kreuz ist der Verzicht auf jede eigene Gerechtigkeit.

Schon im ersten Satz der Bergpredigt hat Jesus das zum Ausdruck gebracht:

> *»Freuen dürfen sich alle, die nur noch von Gott etwas erwarten und nichts von sich selbst; denn sie werden mit ihm in der neuen Welt leben« (Matthäus 5, 3 nach der »Guten Nachricht«).*

Der Apostel Paulus hatte diese Haltung, wenn er im Brief an die Christengemeinde in Rom bekennt:

> *»Denn ich weiß, daß in mir, das heißt in meinem Fleisch, nichts Gutes wohnt« (Römer 7, 18).*

Eine solch erschreckende Entdeckung wird den Menschen in die Arme des Erlösers Jesus Christus treiben. Vergebung und eine völlige Lebenserneuerung von Innen her ist nötig. Jesus Christus allein kann das geben.

Auf dem »schmalen Weg« sind nicht Menschen unterwegs, die besser sind als andere. Im Gegenteil: Hier finden wir nur Menschen, die ihr schuldhaftes Fehlverhalten erkannt haben. Sie wissen, daß sie in allem absolut und allein von Jesus Christus abhängig sind.

Gehören Sie zu ihnen? Möchten Sie sich in die Schar derer einreihen, die über ihr Leben die Losung geschrieben haben: »Jesus allein«?

## *An der Schwelle*

Für jeden kommt einmal die Stunde des Sterbens. Nichts ist sicherer als das. Sie wissen nicht, ob Sie dieses Buch jemals zu Ende lesen können. Die Stunde des Sterbens könnte Sie daran hindern. Sie wissen nicht, ob Sie das, was Sie für die nächsten Monate geplant haben, erledigen können. Die Stunde des Sterbens könnte Sie überraschen. Das Sterben einkalkulieren, nennt die Bibel Klugheit:

> *»Herr, lehre uns bedenken, daß wir sterben müssen, auf daß wir klug werden« (Psalm 90, 12).*

Jeder ist von Sekunde zu Sekunde, von Minute zu Minute, von Stunde zu Stunde auf den Tag seines Sterbens hin unterwegs. Wir können keinen Tag ausklammern, keinen Tag rückgängig machen und keinen Tag wiederholen. Die »Rolltreppe« der Zeit bewegt sich unaufhaltsam vorwärts, und wir sind auf ihr wie »festgenietet«. Es gibt kein Zurück und kein Voraus. Für jeden kommt einmal diese »Schwelle« des Sterbens, die zwischen dem Diesseits und dem Jenseits liegt.

Für manche kommt dieser Tag plötzlich. Sie werden aus dem Leben gerissen: Ein Autounfall. Ein Herzversagen.

Andere können sich auf das Sterben einstellen: Eine unheilbare Krankheit. Ein Nachlassen der Kräfte in hohem Alter.

Wie es auch immer sein mag: In jedem Fall ist es die gravierendste Grenzlinie, der unveränderliche Ereignishorizont.

## *»Selig gestorben«*

Es gibt ein gefährliches Spiel mit der Gnade. Gelegentlich bin ich Menschen begegnet, und es waren nicht immer junge Leute, die lächelnd gesagt haben: »Um Gott und Ewigkeit werde ich mich später kümmern. Das hat Zeit, wenn ich alt bin.«

Wer nur ein wenig überlegt, der muß dahinterkommen, daß eine solche Berechnung nicht aufgeht. Es ist ein Glücksspiel mit der Ewigkeit, das keiner gewinnt.

Damit sage ich nicht, daß an der »Schwelle« niemand mehr zum Glauben an Jesus Christus kommen kann. Das gibt es – aber es ist selten. Fast möchte ich behaupten, daß unter ihnen keiner ist, der vorher mit dieser eiskalten Berechnung gelebt hat. »Gott läßt sich nicht spotten!«

Pfarrer Wilhelm Busch berichtet in dem Taschenbuch »Man muß doch darüber sprechen« ein erschütterndes »Schwellenerlebnis«: »Fröstelnd biege ich ein in die Straße, die zum Krankenhaus führt. Mitten in der Nacht hat mich das Telephon geweckt: Ein Sterbender verlangt nach dem Pfarrer.

Es ist so wunderlich: Ich sollte das Sterben doch gewohnt sein! Wie viele habe ich dahingehen sehen – auf Schlachtfeldern und auf Krankenbetten! Aber – es ist und bleibt eine erschütternde Sache, wenn der lebendige Gott ruft: ›Kommt wieder, Menschenkinder!‹

Ich muß mich beeilen! Bald stehe ich vor dem großen Gebäude. Der Pförtner weiß schon Bescheid und weist mich auf die richtige Station.

Und nun betrete ich das Krankenzimmer. Im Bett ein noch junger Mann. Seine Frau sitzt erregt bei ihm. Als sie mich sieht, springt sie auf: ›Herr Pfarrer, geben Sie meinem Mann schnell das Abendmahl!‹

Ich schaue auf den Patienten. Der Tod hat das Gesicht schon gezeichnet. Der Kranke nimmt keine Notiz mehr von meinem Kommen.

Nein! Ich werde den Mann nicht mehr mit einer Abendmahlsfeier quälen. Aber ich bin der Überzeugung, daß die Sterbenden unser Wort noch hören, auch wenn der Leib kein Zeichen des Verständnisses mehr gibt. Und darum will ich den Mann in die Ewigkeit begleiten mit meinem Gebet und mit den Worten der Gnade.

Die Frau hält meine Hand fest: ›Herr Pfarrer, schnell! Geben Sie meinem Mann das Abendmahl!‹

Ich schiebe sie beiseite. Ihre Unruhe ist bedrückend. Dann beuge ich mich zu dem Kranken und sage ihm ganz langsam das Bibelwort: ›Das Blut Jesu Christi macht uns rein von aller Sünde.‹

Langsam schlägt er die Augen auf und sieht mich an. Die Frau packt meinen Arm: ›Schnell! Das Abendmahl!‹

Wenn ich doch die Frau zur Ruhe bringen könnte! Ich führe sie auf den Korridor hinaus und versuche ihr klarzumachen, daß ihr Verlangen sinnlos sei. ›Sehen Sie, Ihr Mann ist schon viel zu elend. Das Abendmahl quält ihn jetzt nur.‹

Sie schluchzt auf: ›Aber er soll doch selig werden!‹

Was soll man da sagen? ›Frau‹, erkläre ich erregt, ›meinen Sie denn, eine äußerliche Zeremonie könne vom Gericht Gottes erretten? Wenn Ihr Mann den Herrn Jesus Christus kennt und an ihn glaubt, dann ist er errettet – auch wenn er jetzt nicht das Abendmahl nimmt. Und ohne Jesus – da hilft auch kein Abendmahl!‹

Aber sie läßt nicht nach! Sie erzählt, wie sehr ihr Mann nach dieser Feier begehrte. Sie drängt...

Dann gab ich nach. Wir gingen in das Zimmer. Schnell richtete ich die Geräte. Der Mann war durch die leise Unruhe aufgewacht. Still und – wie mir schien – gesammelt, war er jetzt ganz bei der Sache.

›Dies ist der Kelch des Neuen Testaments in meinem Blute, das für euch und für viele vergossen wird zur Vergebung der Sünden.‹ In der stillen Nachtstunde standen diese gewaltigen Worte wie Felsen der ewigen Errettung...

Als die Feier zu Ende war, sank der Mann befriedigt zurück in die Kissen. Ich verließ mit dem Krankenwärter das Zimmer. Nun sollten die beiden Eheleute allein sein, um Abschied zu nehmen.

Aber – ich kam noch nicht fort. Der Wärter verwickelte mich in ein Gespräch. Mir war, als sei diese Sache noch nicht zu Ende. Es verging eine halbe Stunde. Alles war still.

›Wir wollen nach dem Sterbenden sehen‹, sagte ich und öffnete die Tür.

Da bot sich mir ein verblüffendes Bild: Aufrecht saß der Mann im Bett. Lachend rief er uns zu: ›Ich bin über den Berg. Es geht besser!‹ Und lachend und weinend warf sich seine Frau an seinen Hals.

Es war erstaunlich. Aber warum sollte das nicht stimmen? Es läuft mancher durch die Straßen, den die Ärzte einmal aufgegeben hatten. Und die Freude der beiden steckte einfach an. Da mußte man sich mitfreuen.

Ich nahm die Hand des Kranken: ›Wie glücklich bin ich, daß ich das miterleben darf.‹ Und nun ergriff mich dieser Wechsel der Situation mächtig. Ich mußte noch ein Wort sagen. ›Lieber Mann, als Sie an den Pforten der Ewigkeit standen, ist der Herr Jesus zu Ihnen gekommen mit seiner Gnade. Lassen Sie nun nicht mehr von diesem Heiland!‹

Da ging auf einmal ein abscheuliches Grinsen über das Gesicht des Mannes – es war wie ein Flammenschein der Hölle. Spöttisch lächelnd sagte er: ›Ach, das alles brauche ich doch nicht mehr. Ich lebe ja wieder!‹

Erschüttert hörte ich diese unglaubliche Rede. Jedes Wort blieb mir in der Kehle stekken. Und während ich noch so stand, griff der Patient plötzlich nach seinem Herzen und – sank langsam zurück. Er war tot!«

Schauerlich, wenn einer so hinübergeht in

die Ewigkeit. Angesichts einer solchen Erfahrung kann man das nur noch einmal wiederholen: »Gott läßt sich nicht spotten!«

## *Ganz anders!*

Ja, eine ganz andere Erfahrung hatte ich vor einiger Zeit. Ich wurde zu einem Sterbenden gerufen. Als wir, mein Mitarbeiter und ich, das Krankenzimmer betreten, sehen wir einen Mann im mittleren Alter abgemagert und mühsam nach Luft ringend im Bett liegen. Er hat Lungenkrebs im letzten Stadium.

Nachdem wir uns vorgestellt haben, erkläre ich ihm ohne lange Vorrede das Evangelium. Ich zeichne ihm die einzelnen Stationen der biblischen Botschaft auf ein Stück Papier: Die Kluft zwischen uns und Gott, aufgerissen durch die Sünde des Menschen. Das Kreuz, an dem Jesus Christus für unsere Sünden starb, als lebendige Brücke über die Kluft. Und den Menschen, der nun von Gott aufgefordert wird, sich dieser Brücke anzuvertrauen, indem er sein Leben Jesus Christus übereignet.

Interessiert hört der Kranke zu. Gelegentlich nickt er mit dem Kopf. Wir spüren, daß er sich in dieses Geschehen einbezieht.

Ich bitte meinen Mitarbeiter, der im Alter dieses Mannes als Manager eines Weltkonzerns eine Bekehrung zu Jesus erlebt hat, aus seinem Leben zu berichten. Das klare, sehr anschauliche Zeugnis unterstreicht die biblische Botschaft. Als mein Mitarbeiter berichtet, wie er an einem Abend niedergekniet war, um sein Leben Jesus anzuvertrauen, sehe ich Tränen in den Augen des Kranken. Noch nie hatte er die Botschaft der Bibel so wie an diesem Nachmittag gehört. Er glaubte, daß es einen Gott gibt, aber er wußte nicht, daß man sich für Jesus Christus entscheiden muß, um das ewige Leben zu erhalten.

Kurz darauf faltet er die Hände, und mit schwacher Stimme betet er zu Jesus Christus. Er bittet um Vergebung und vertraut sein Leben ihm an. Und mit dem »Amen« war es, als ob die Freude der Ewigkeit in dieses Sterbezimmer brechen würde.

Hier war einer, der Gottes Gnade in der letzten Stunde erleben durfte. Rettung vor der Hölle an der Schwelle der Ewigkeit.

## *»Herr, denke an mich«*

Rettung vor der Hölle an der Schwelle zur Ewigkeit erlebte auch ein Zeitgenosse Jesu – nur ein ganz anderer. Viele Jahre verbrachte er in der Terror-Szene. Er war einer von den »Bombenlegern«, den dann schließlich die »Geheimpolizei« schnappte. Er wurde zum Tode am Kreuz verurteilt. Man hatte ihn rechts neben Jesus an ein Kreuz genagelt. An jenem Nachmittag ereignete sich bei ihm eine tiefgreifende innere Verwandlung. In der ersten Stunde riß er noch seine Witze über Jesus. Aber dann wurde er immer stiller. Irgendwie kam er zu der Erkenntnis, daß Jesus nicht nur unschuldig, sondern wirklich der Messias war. Und dann kam der Satz über seine Lippen:

> *»Jesus, gedenke an mich, wenn du in dein Reich kommst!« (Lukas 23, 42).*

Und Jesus Christus wendete sich ihm zu und sagte:

> *»Wahrlich, ich sage dir: Heute wirst du mit mir im Paradies sein« (Lukas 23, 43).*

Dieser Bericht ist kein Freibrief für solche, die ihre Bekehrung in die letzte Stunde verlegen wollen. Aber er ist ein Zeugnis dafür, daß keiner von Jesus weggestoßen wird, auch in der letzten Stunde nicht, wenn er von Herzen nach Gnade schreit.

## *Was geschieht im Sterben?*

Es sagte einmal jemand: Das Sterben sei die Umkleidekabine zum Jenseits. In der Tat erklärt die Bibel, daß das Sterben das Ablegen des Leibes ist. Dabei wird der Leib mit einem Kleid oder auch mit einem Zelt verglichen:

> *»Denn wir wissen: wenn unser irdisches Haus, diese Hütte (Grundtext: Zelt), abgebrochen wird, so haben wir einen Bau, von*

*Gott erbaut, ein Haus, nicht mit Händen gemacht, das ewig ist im Himmel« (2. Korinther 5, 1).*

In diesem Zusammenhang sagt der Apostel Paulus, daß »wir lieber nicht entkleidet werden wollen«.

In der Sterbestunde wird das Zelt abgebrochen und das Kleid ausgezogen. Ein Zelt oder ein Kleid ist nur eine Umhüllung von etwas, was viel wertvoller ist. Auch das teuerste Kleid ist nicht wertvoller als die Person, die es trägt. Man sagt: »Kleider machen Leute.« Diese Aussage ist berechtigt. Aber es wäre widersinnig zu sagen: »Kleider sind Leute.« Genauso widersinnig wäre die Aussage: Unser Leib sind wir.

Vieles an unserem Leib ist »auswechselbar«. Ich erinnere an Herz- oder Nierentransplantationen. Ein Mensch kann künstliche Knochen eingesetzt bekommen. Trotz alledem bleibt er dieselbe Persönlichkeit. Sie können Arme und Beine verlieren und sind dennoch dieselbe Person wie vorher.

Der Leib umhüllt etwas Wertvolles, nämlich die Person, das eigentliche Ich, Seele und Geist.

Im Sterben wird dieser Leib »ausgezogen«, aber die Person lebt weiter. Der Leib wird ins Grab gelegt, aber der Mensch geht hinüber in die andere Wirklichkeit.

In solchen Augenblicken des Entkleidens, der Grenzüberschreitung von Zeit und Ewigkeit, haben Menschen immer wieder besondere Einblicke in das Jenseits bekommen. Es waren furchtbare oder herrliche Erfahrungen – je nachdem auf welcher Straße sie unterwegs waren.

In der kleinen Schrift »Letzte Worte großer Männer« werden einige solcher »Einblicke« beschrieben:

Da ist zum Beispiel von dem Gottesleugner David Hume die Rede. Er schrie im Sterben verzweifelt: »Ich bin in den Flammen!«

Hobbes, ein englischer Philosoph, stammelte: »Ich stehe vor einem furchtbaren Sprung in die Finsternis.«

Der frühere Präsident des englischen Oberhauses sagte: »Bis zu diesem Augenblick dachte ich, es gäbe weder Gott noch Hölle. Jetzt weiß ich und fühle, daß es beides gibt, und ich bin dem Verderben ausgeliefert durch das gerechte Urteil des Allmächtigen.«

Churchill soll gesagt haben: »Welch ein Narr bin ich gewesen!«

Ganz anders beschreibt der amerikanische Star, Johnny Cash, das Sterben seines 14jährigen Bruders. Dieser hatte bereits mit zwölf Jahren in einer Evangelisationsversammlung Jesus Christus in sein Leben aufgenommen.

Von diesem Tag an lebte er bewußt mit Gott und benutzte jede Gelegenheit, mit anderen über seinen Glauben zu sprechen. Durch einen schweren Unfall wurde er aus dem Leben gerissen. Über sein Sterben schreibt Johnny Cash: Jack sagte: »Mama, hörst du die Engel singen?«

Sie erwiderte: »Nein, mein Sohn. Ich kann sie nicht hören.«

Er drückte ihre Hand, schüttelte ihren Arm und sagte: »Mama, das mußt du doch hören!« Tränen rannen über seine Backen, und er sagte: »Mama, hör die Engel! Dorthin gehe ich, Mama!«

Staunend hörten wir zu.

»Was für eine wunderschöne Stadt«, sagte er. »Und die Engel singen! O Mama, ich wünschte, du könntest die Engel singen hören!« Das waren seine letzten Worte.

Es war, als ob ein schwerer Druck von uns allen gewichen wäre. Das war nicht nur die Last der acht Tage, in denen wir um Jacks Leben gekämpft hatten. Es war viel mehr. Wir hatten Jack in einer solchen Seligkeit und Himmelssehnsucht sterben sehen, daß wir fast froh für ihn waren. Wir sahen in unserer Vorstellung, was er gesehen hatte: eine Vision des Himmels.

Soweit der Bericht von Johnny Cash, den er in seiner Selbstbiographie »Der Mann in Schwarz« schrieb.

Ein ähnliches Grenzerlebnis berichtete mir mein Vater: Sein damals fünfzehnjähriger Bruder Johannes wurde unheilbar krank. Immer wieder bekam er Anfälle, die ihn an den Rand des Todes brachten. Eines Tages mußte während eines Anfalls der Arzt geholt werden.

»Diesmal bekommen wir ihn nicht durch«, sagte dieser. »Es sieht sehr ernst aus.«

Zwei Tage lag Johannes bewußtlos in seinem Bett. Plötzlich am dritten Tag, sehr früh am Morgen, steht er vor dem Bett seiner Mutter. Zu ihrem Erstaunen berichtet er, daß ihm kurz vor dem Erwachen Jesus begegnet sei. »Komm mit, Johannes!« hatte er gesagt.

»Laß mich bitte noch etwas bei meiner Mutter«, bat der Junge.

Von diesem Tag an war Johannes gesund. Zwei Jahre später, für alle völlig unerwartet, rief Gott ihn dann zu sich.

Allerdings muß gesagt werden, daß derartige Grenzerlebnisse nicht als absolut wahr gesetzt werden dürfen. Absolut wahr ist allein Gottes Wort. An ihm muß jede Erfahrung geprüft und korrigiert werden.

Grenzerfahrungen können ja auch das Blendwerk Satans sein, um Menschen zu verführen. Die Bibel sagt, daß Satan sich in einen »Engel des Lichts« verwandeln kann. Eine solche Verführungstaktik sehe ich in den durchweg positiv gelagerten Sterbeerlebnissen, die heute in einschlägigen Artikeln und Büchern berichtet werden. Dazu ein Beispiel aus »Das Beste«:

In dem Artikel »Leben nach dem Tod – die Gewißheit wächst«, erschienen im November 1981, wird von einem Professor Kenneth Ring berichtet, der mit Personen sprach, die dem Tod nahe gewesen waren. Er ließ sich ihre Erfahrungen erzählen, um sie dann wissenschaftlich zu durchleuchten. Dabei stellte er bei allen Sterbeerlebnissen folgendes fest: »Ein Gefühl größten Wohlbefindens, ja der Seligkeit, in dem der Betroffene am liebsten geblieben wäre und das als bleibender Eindruck mit zurück in sein weiteres Leben in der ›irdischen‹ Welt genommen wurde und dieses nachhaltig prägte.

Gleichgültig, wie ihre Einstellung bis dahin gewesen war – ihre Religiosität war sehr unterschiedlich ausgeprägt –, die meisten dieser Personen waren überzeugt, daß eine höchst liebende Macht zugegen gewesen und ihnen einen Vorausblick auf ein künftiges Leben vergönnt gewesen war.«

Eine solche Aussage widerspricht aber völlig dem biblischen Zeugnis vom Leben nach dem Tod.

Ich könnte mir vorstellen, daß Satan viel Interesse daran hat, solche Erlebnisse publik zu machen, um die Menschen auf der »breiten Straße« festzuhalten. Denn wenn jeder –

»gleichgültig, wie seine Einstellung bis dahin gewesen war« – einer »höchsten liebenden Macht« begegnet, dann ist es auch nicht nötig, sich zu Jesus Christus zu bekehren.

## *Jenseits des Grabes*

Was kommt »jenseits des Grabes« auf mich zu? Das ist die Frage, die jeder Mensch immer wieder einmal mehr oder weniger engagiert stellt. Es ist eine der brennendsten Menschheitsfragen überhaupt. Jeder, auch der selbstsichere Neuheide, hat die schwelende Ahnung, *daß* es weitergeht, aber die Kernfrage ist, *wie* es weitergeht.

Eines dürfte klar sein: Darauf kann kein Mensch aus Erfahrung eine Antwort geben. Denn solange wir Menschen antworten können, sind wir noch »diesseits des Grabes« und haben darum keine Antwort. Wer sich aber »jenseits des Grabes« befindet und nun antworten könnte, weil er die Erfahrung hat, ist zum Schweigen verurteilt. Keiner von den Toten kann »herüberfunken«. Am »Ereignishorizont« verstummt alle Korrespondenz. Das sogenannte »schwarze Loch« verschluckt jede Information.

Antworten aus dem Jenseits durch Totenbefragung im Bereich des Spiritismus oder durch »Geistführer« im Spiritualismus sind ein gefährliches Blendwerk der Dämonen.

Auch alle sogenannten Visionen, selbst wenn sie fromm frisiert sind und von Männern und Frauen kommen, die in der christlichen Kirche Rang und Namen haben, sind ebenfalls eine Irreführung des großen Verführers.

Der Apostel Paulus, der von Gott gewürdigt wurde, als noch Lebender einen Blick in jene göttlichen Dimensionen tun zu dürfen, schreibt darüber:

> *»Ich kenne einen Menschen in Christus; vor vierzehn Jahren – ist er im Leib gewesen? ich weiß es nicht; oder ist er außer dem Leib gewesen? ich weiß es auch nicht; Gott weiß es –, da wurde derselbe entzückt bis in den dritten Himmel. Und ich kenne denselben Menschen – ob er im Leib oder außer dem Leib gewesen ist, weiß ich nicht; Gott weiß es –, der wurde entrückt in das Paradies und hörte unaussprechliche Worte, die kein Mensch sagen kann« (2. Korinther 12, 2–4).*

Dieses »Jenseitserlebnis« macht den Apostel »sprachlos«. Er hört »unaussprechliche Worte, die kein Mensch sagen kann.« Das veranlaßt mich zu der Aussage: Wer über »Jenseitserlebnisse« reden kann, unterlag einer seelischen oder dämonischen Täuschung, denn die Bibel sagt, daß es »unaussprechlich« ist.

## *Die einzige Informationsquelle*

Haben wir dann nach dem Gesagten überhaupt eine Informationsquelle, wenn es um die Bereiche des ewigen Lebens geht? Gott sei Dank – ja! Gott informiert uns durch die Bibel. Er sagt, was wir wissen dürfen und wissen müssen.

Eine solche Information finden wir zum Beispiel in dem schon zitierten Text, Lukas 16. Dort schildert Jesus Christus das Sterben und das »Danach« zweier Menschen. Der eine war sehr reich. Er lebte in Saus und Braus und kümmerte sich weder um Gott noch um seinen Nächsten. Der andere war ein Bettler. Er vegetierte auf der totalen Schattenseite des Lebens. Für beide kam die Stunde des Sterbens.

Der rücksichtslose Reiche findet sich plötzlich im »Untersuchungsgefängnis« des Totenreiches wieder. Das ist für ihn eine grauenhafte Ernüchterung. Er bekommt Durchblick und sieht sein zurückliegendes Leben in einem völlig anderen Licht. Es ist eine Perspektive, die er vorher nicht hatte. Er erkennt, daß er sich vor Gott für jeden Gedanken, für jedes Wort und für jede Tat verantworten muß. Er steckt hoffnungslos in den »roten Zahlen«. Ängste quälen ihn. Er sucht einen Ausweg. Aber die Türen sind endgültig ins Schloß gefallen. Es ist alles hoffnungslos. Das ist die eine Seite »jenseits des Grabes«. Noch ist zwar das Gerichtsurteil nicht gesprochen, aber in jenem »Vorzimmer des Gerichts« hat jeder sehr viel Zeit, sein Leben im Licht der unbestechlichen Wahrheit zu sehen. Und schon das ist ein Stück Hölle.

Und wo befindet sich der Bettler? Er erwacht im Paradies. Dort umgibt ihn eine wunderbare Geborgenheit. Eine Atmosphäre der Liebe hüllt ihn ein. Er ist sozusagen im »Vorzimmer zum Himmel«. Auch das Paradies ist nur eine Art »Warteraum«. Aber es ist wie das Warten vor der Weihnachtstür. Der Glanz aus der Herrlichkeit Gottes fällt schon durch das »Schlüsselloch«. Dort wartet niemand auf das Endgericht, auf die Verurteilung. Dort sind Menschen, die wissen, daß Jesus Christus das Gericht für sie am Kreuz auf sich genommen hat. Dort wartet man gleichsam auf die wunderbare »Bescherung« Gottes. Die Bibel sagt:

> *»Was keiner jemals gesehen oder gehört hat, was keiner jemals für möglich gehalten hat, das hält Gott für die bereit, die ihn lieben« (1. Korinther 2, 9 nach der »Guten Nachricht«).*

Wir können diesen biblischen Bericht lükkenlos an das Bildwort Jesu von der »breiten Straße« und dem »engen Weg« anfügen. Es ist sozusagen die Fortsetzung und Ergänzung dieses biblischen Textes. Der reiche Mann war hier auf der »breiten Straße« unterwegs. Dort führt ihn diese »Straße« ins Totenreich und zum Endgericht, das vor dem Thron Gottes stattfindet.

Der Bettler Lazarus war hier auf dem »engen Weg« unterwegs. Er führt im Jenseits durch das Paradies zur Auferstehung in die ununterbrochene Gemeinschaft mit Jesus Christus.

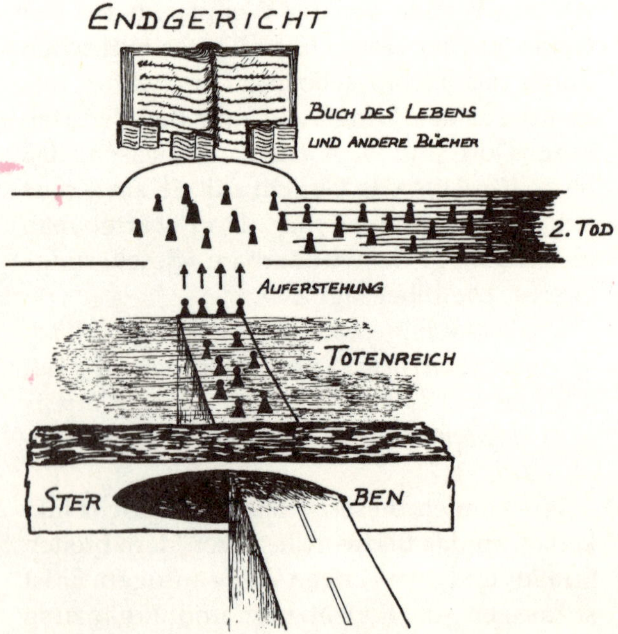

Wir wollen diese beiden »Straßen«, die wir im »Diesseits« betrachtet haben, nun im »Jenseits« weiterverfolgen, soweit die Aussagen der Bibel es zulassen.

## *Wohin die »breite Straße« führt*

Wenn wir hier die einzelnen Stationen der »breiten Straße« in der jenseitigen Welt betrachten, dann sollten wir uns immer vor Augen halten, daß die Bibel davon in Bildern spricht. Das »Unaussprechliche« wird in ein Bild gekleidet, weil Jenseitiges nicht in der Sprache und Begrifflichkeit des Diesseits ausgesagt werden kann. So sind Begriffe wie Feuer, Finsternis oder Hochzeitsfest, Perlentore und goldene Straßen eben nur Vergleiche, und zwar sehr schwache Vergleiche, nie die Wirklichkeit selbst.

## *Das »Untersuchungsgefängnis«*

In dem Gleichnis von Lukas 16 wird der Begriff »hades« verwendet:

> *»Als er (der reiche Mann) nun in der Hölle (hades) war, hob er seine Augen auf in seiner Qual ...« (Vers 23).*

Der Begriff kann, um einen modernen Vergleich zu bringen, mit »Untersuchungsgefängnis« oder auch »Warteraum zur Gerichtsverhandlung« wiedergegeben werden. Er drückt den Zustand des unerlösten Menschen aus, der auf den Gerichtstag Gottes wartet. Dabei ist jedem klar, daß Gott unbestechlich ist und alles weiß, auch die letzten Hintergründe der Gedanken und alle Motive der Handlungen. Der Mensch hat nun Zeit, über sein vergangenes Leben nachzudenken.

Beim Eintritt des Verstorbenen in diesen Raum wird das erste sicher eine erschreckende »Enttäuschung« sein. Viele von ihnen, besonders von den sogenannten »Aufgeklärten«, hatten das alles ja für religiösen Betrug gehalten. Andere hatten sich ihre eigenen Vorstellungen von der Ewigkeit und dem Weiterleben gemacht. Das war sehr zu ihren Gunsten ausgefallen. Nun ist jede Täuschung zu Ende.

Im Totenreich gibt es keine Diskussionen mehr über Ewigkeit und Gericht. Hier werden auch Theologen, die in ihren Entmythologisierungsprogrammen vollmundig verkündet haben: »Erledigt ist die Auferstehung der Toten!« erschreckend erkennen müssen, daß sie verführte Verführer waren.

## *Feuer in der Hölle?*

Der »reiche Mann« rief im Totenreich:

> *»Vater Abraham, erbarme dich meiner und sende Lazarus, damit er die Spitze seines Fingers ins Wasser tauche und mir die Zunge*

*kühle; denn ich leide Pein in diesen Flammen« (Lukas 16, 24).*

Natürlich wäre es absurd, hier an ein irdisches Feuer zu denken. Das Totenreich ist kein »Grill in der Unterwelt«. Das hier gebrauchte Bild von der Flamme könnte eine Darstellung der Gewissensbisse, der Selbstvorwürfe und der Verzweiflung sein. Vielleicht ist zur Verdeutlichung ein Erlebnis des Königs David eine Verstehenshilfe. Der König hatte Ehebruch begangen und danach den Mann jener Frau auf eine hinterhältige Weise aus dem Weg räumen lassen. Plötzlich aber erwachte sein Gewissen. Er fand keine Ruhe mehr. Gott begegnete ihm als Richter. Dann bekennt er:

> *»Als ich es verschweigen wollte, verschmachteten meine Gebeine durch mein tägliches Klagen« (Psalm 32, 3).*

»Verschmachten« ist hier das Stichwort. Auch der Reiche verschmachtet im Totenreich. Er ruft: »... ich leide Pein in dieser Flamme«.

Sind Sie nicht auch der Überzeugung, daß sich dort Menschen verzweifelt an den Kopf greifen, wenn sie an all die verpaßten Chancen denken? Wie viele Gelegenheiten zur Umkehr haben sie leichtfertig oder gleichgültig in den Wind geschlagen! Wie oft haben sie über die Bibel nur gelächelt. Wie viel Zeit haben sie sich genommen für tausend scheinbar wichtigere Dinge, für Hobbies und Vergnügungen, und wie wenig Zeit hatten sie für Gott. Das alles wird ihnen dann vor Augen stehen – nicht nur einmal, sondern unzählige Male.

Hier werde ich an Mike erinnert. Wir lernten uns auf einer Zeltlagerfreizeit kennen. Irgendwann in einer stillen Nachtstunde am Lagerfeuer berichtete ich ihm, wie Jesus Christus Herr in meinem Leben wurde. Er hörte aufmerksam zu, und ich spürte, daß er offen war für Gott. Später stellte ich ihm die entscheidende Frage: »Möchtest du nicht heute Jesus Christus in dein Leben aufnehmen?«

Während er schweigend ins Feuer blickte, betete ich für ihn.

»Ich weiß, daß ich mich für Jesus entscheiden sollte«, sagte. er. »Aber etwas hält mich noch zurück. Ich werde wohl weiter überlegen müssen.«

Wochen vergingen. Ich traf Mike wieder in einer Jungscharstunde. Einmal besuchte ich ihn zu Hause. Vorsichtig habe ich dabei dieses Thema angeschnitten. Aber er war sehr reserviert.

Dann entsinne ich mich noch an unsere letzte Begegnung. Ich erspähte ihn im Menschengewühl der Großstadt und lud ihn in ein Café ein. Dort kam es noch einmal zu einem entscheidenden Gespräch. Das Wort Gottes traf ihn, und ich erlebte den Kampf zwischen

Licht und Finsternis mit, den Kampf zwischen Ja und Nein. Mike konnte sich nicht entscheiden.

Danach trennten sich unsere Wege. Ich zog in eine weit entfernte Stadt. Aber immer wieder wurde ich in meiner Gebetszeit an Mike erinnert. Eines Tages erreichte mich die Nachricht, daß er tödlich verunglückt sei. Erschüttert stellte ich mir die Frage, ob er noch einmal eine Gelegenheit gehabt hatte, sein Leben vor Gott in Ordnung zu bringen. Wenn er aber alle Chancen verpaßte, wird er im Totenreich immer wieder entsetzt diese Gelegenheiten Gottes vor Augen haben. Er wird diese Nacht am Lagerfeuer nicht vergessen können und wird meine Frage immer und immer wieder hören. Das ist das »Brennen« in jenem Warteraum.

## *Nacht ohne Hoffnung*

Im Hinblick auf jenen Zustand im Totenreich schreibt Petrus:

> *»...ihr Los ist die dunkelste Finsternis« (2. Petrus 2, 17).*

Und Jesus Christus sagt in einem Gleichnis:

> *»Den unnützen Knecht werft in die Finsternis hinaus« (Matthäus 25, 30).*

Finsternis ist ein Bild der Angst, der Hoffnungslosigkeit, der Verzweiflung. Genau das widerfährt dem reichen Mann in jenem »Vorzimmer der Hölle«. Er ruft: »...ich leide Pein«, und die Bibel berichtet: »In der Totenwelt litt er große Qualen.« Es gibt keinen Hoffnungsschimmer für ihn. Er steckt fest in der »Nacht der Verzweiflung«.

Die hier gebrauchten Bildbegriffe sind also »Nacht und Dunkelheit«.

Da erinnere ich mich an eine eigenartige Situation: Während einer missionarischen Woche war ich in Quartier bei einem Großbauern. Mein Zimmer lag im ersten Stock des geräumigen Bauernhauses. Eines Nachts, es muß wohl gegen Mitternacht gewesen sein, werde ich durch ein seltsames Geräusch aufgeweckt. Ich greife zum Lichtschalter und drücke. Das Licht flammt kurz auf und erlischt sofort wieder. Da muß doch irgendwo noch eine andere Lichtquelle sein, denke ich, und steige aus dem Bett. Vorsichtig taste ich mich durch das stockdunkle Zimmer zur Tür und betrete den Flur. Endlich finde ich einen Lichtschalter und drücke ihn. Vergeblich! Es bleibt dunkel. Ich gehe noch einige Schritte weiter, achtsam, die Hände nach vorn gestreckt, und plötzlich habe ich die Orientierung verloren. Es ist so dunkel, daß ich die Hand nicht vor den Augen sehen kann; und ich weiß nicht, wo ich mich befinde. Werde ich jetzt in das Schlafzimmer der Quartiergeber schlurfen oder über die Treppen stolpern? Peinlich – nein, mehr noch: In mir kriecht die

Angst hoch. Ein Gefühl der Hoffnungslosigkeit überfällt mich – zwar nur einen Augenblick, aber ich ahne etwas von der Aussage: »Ihr Los ist die dunkelste Finsternis.« Da geht das Licht an. Ich atme auf – finde zurecht – kann in mein Zimmer zurück. Noch lange liege ich wach und denke über das Erleben und über meine Gefühle nach.

Es ist sicher nur ein sehr schwacher Vergleich für das, was der Mensch im Totenreich empfindet. Er lebt weiter, aber es ist ein Leben ohne Orientierung. Keiner weiß, was der nächste Schritt bringt. Die Zukunft liegt im völligen Dunkel.

Jesus Christus sagt:

> *»Wer mir nachfolgt, der wird nicht wandeln in der Finsternis« (Johannes 8, 12).*

Nun muß der Mensch, der Jesus ein Leben lang aus dem Weg ging, erfahren, was das in letzter Konsequenz bedeutet. Nun »stolpert« er in der Ewigkeit durch die Finsternis. Grauenvoll!

## *Die große Kluft*

Auf ein weiteres Bild aus Lukas 16 will ich noch zu sprechen kommen. In einem Dialog sagt Abraham zu dem reichen Mann:

> *»Und überdies besteht zwischen uns und euch eine große Kluft, daß niemand, der von hier zu euch hinüber will, dorthin kommen kann*

*und auch niemand von dort zu uns herüber« (Lukas 16, 26).*

Hier wird von einer großen Kluft gesprochen, die zwischen dem Totenreich und dem Paradies liegt. Man könnte an eine sehr breite, tiefe Gletscherspalte denken. Da gibt es kein Herüber und Hinüber.

Nun ist ja auch das lediglich ein Bild. Ist es denkbar, daß in diesem Bild mehr der innere Zustand des Menschen im Jenseits verdeutlicht werden soll? Da ist doch zuerst eine innere Kluft zwischen dem reichen Mann und dem armen Lazarus. Es ist eine ungeheure Kluft zwischen denen, die im Paradies sind und zwischen denen, die sich im Totenreich befinden. Die einen – und ich spreche jetzt in den Begriffen des Neuen Testaments – folgten auf der Erde Jesus nach; sie haben eine Wiedergeburt erlebt und wurden Kinder Gottes. Die anderen ließen sich von dem »Gott dieser Welt« prägen und waren ganz Kinder dieser Welt. Es liegt eine innere Kluft zwischen diesen beiden Gruppen. Es gibt nichts mehr, was sie verbindet. Darum kann es auch kein Herüber und Hinüber geben. Der reiche Mann paßt nicht ins Paradies und der Arme nicht ins Totenreich.

Im Bild von der Kluft aber wird auch der endgültige Zustand charakterisiert. Die Würfel sind gefallen.

An dieser Stelle möchte ich eine Frage

beantworten, die sehr oft gestellt wird: Darf man für Verstorbene beten? Allerdings sollte die Frage besser so formuliert werden: Hat es einen Sinn, für Verstorbene zu beten? Die biblische Antwort darauf ist ein eindeutiges Nein. Wer sich im Paradies befindet, der braucht unsere Gebete nicht mehr. Wer aber im Totenreich sein muß, der kann auch durch Gebete keine Änderung der Situation erleben. Der biblische Text sagt: »... es kann niemand von dort zu uns herüber.«

Das Gebet für Verstorbene birgt zum anderen aber auch viele Gefahren in sich. Immer wieder erlebe ich in der Seelsorge, daß das Gebet für Verstorbene sehr schnell zu einer Zwiesprache mit dem oder der Verstorbenen wird. Dann ist mit einem Mal der Verstorbene »nahe«. Nichts geschieht mehr, ohne mit ihm darüber zu sprechen. Genau das aber ist in der Bibel verboten:

> *»Wenn du in das Land kommst, das dir der Herr, dein Gott, geben wird, so sollst du nicht lernen, die Greuel dieser Völker zu tun, daß nicht jemand unter dir gefunden werde, ... der die Toten befragt«* (5. Mose 18, 9.11).

Mit dieser Praxis ist die Grenze zum Spiritismus bereits überschritten, und der Mensch wird zum Spielball der Dämonen.

Vor Jahren lernte ich eine Frau kennen, deren Mann ein Trinker und Flucher war. Nach seinem Sterben betete die Frau intensiv um seine Errettung. Bald hatte sie den Eindruck, daß er ihr nahe sei. Im Laufe der Zeit bemerkte die Frau eine negative Veränderung ihres Charakters. Sie begann zu fluchen und verspürte ein starkes Verlangen nach Alkohol. Die »Mächte«, die früher ihren Mann beherrschten, hatten sich nun jener Frau bemächtigt – und der auslösende Faktor war das ständige Gebet für den Toten.

Ich möchte vor einem Leben ohne Gott warnen, denn es endet in jener Dimension der Hoffnungslosigkeit. Gott will nicht, daß der Mensch dort ankommt. Gott will, daß wir ewig leben, leben in Harmonie und Erfüllung.

## *Im Gerichtssaal Gottes*

Keiner weiß, wie lange dieses schreckliche Warten im »Untersuchungsgefängnis des Jenseits« dauert. Die Bibel zeigt aber, daß jeder, der dort sein muß, den »Tag« des Gerichts erleben wird. Im allgemeinen spricht man vom »Jüngsten Gericht«. Im christlichen Glaubensbekenntnis sagen wir: »...zu richten die Lebenden und die Toten«. Viele sind der Überzeugung, daß alle Menschen in jenem »Gerichtssaal Gottes« erscheinen müssen und dort gerichtet werden. Die Bibel aber behandelt dieses Thema differenzierter. Sie zeigt, daß zu jenem »Endgericht« nur die erscheinen müssen, die hier auf Erden auf der »breiten Straße« gelebt haben. Kein wiedergeborener Christ wird an diesem »Tag« vor dem Gerichtsthron Gottes stehen. Die Bibel sagt:

> *»Wer an den Sohn Gottes glaubt, der wird nicht gerichtet« (Johannes 3, 18).*

Der große Gerichtstag Gottes wird in Offenbarung 20 beschrieben. Vieles wird sich bis dahin auf dieser Erde ereignet haben:

Die Zeit der »Großen Trübsal«, verbunden mit globalen Katastrophen (Offenbarung 6; 8; 9; 13; 16; 17; 18).

Die Wiederkunft Jesu Christi auf diese Erde (Offenbarung 19, 11–13).

Das »Tausendjährige Reich des Friedens« unter der Regierung Jesu Christi (Offenbarung 20, 4–5).

Der letzte Aufstand Satans und damit verbunden eine erneute weltweite Verführung der Menschen (Offenbarung 20, 7–9).

Gottes endgültiges Gericht über Satan und die antigöttlichen Mächte (Offb. 20, 10).

Danach berichtet Johannes:

> *»Und ich sah einen großen, weißen Thron und den, der darauf saß; vor seinem Angesicht flohen die Erde und der Himmel, und es wurde keine Stätte für sie gefunden. Und ich sah die Toten, groß und klein, stehen vor dem Thron, und Bücher wurden aufgetan. Und ein andres Buch wurde aufgetan, welches ist das Buch des Lebens. Und die Toten wurden*

*gerichtet nach dem, was in den Büchern geschrieben steht, nach ihren Werken. Und das Meer gab die Toten heraus, die darin waren, und der Tod und sein Reich gaben die Toten heraus, die darin waren; und sie wurden gerichtet, ein jeder nach seinen Werken. Und der Tod und sein Reich wurden geworfen in den feurigen Pfuhl. Das ist der zweite Tod: der feurige Pfuhl. Und wenn jemand nicht gefunden wurde geschrieben in dem Buch des Lebens, der wurde geworfen in den feurigen Pfuhl« (Offenbarung 20, 11–15).*

Dieser biblische Text beantwortet alle wesentlichen Fragen über das Endgericht.

1. Jesus Christus ist der Richter:

*»Und ich sah einen großen, weißen Thron und den, der darauf saß« (Offenbarung 20, 11).*

Jesus selbst hat das gesagt:

*»Denn der Vater richtet niemand, sondern hat alles Gericht dem Sohn übergeben« (Johannes 5, 22).*

Jesus Christus, der einst der Retter war, der sein Leben auf dem Hügel Golgatha für verlorene Menschen opferte, der immer wieder den Menschen Vergebung der Sünde, Rettung vor dem Gericht und ewiges Leben anbot, dieser Jesus Christus ist nun der Richter. Die Zeit der Gnade ist vorbei. Jetzt wird der Mensch, der die Gnade Gottes ablehnte, nach seinem Leben und Tun beurteilt.

Es wird berichtet, daß in Amerika einmal ein bekannter Richter das Leben eines jungen Mannes rettete. Dieser junge Mann war unbedacht auf die Straße getreten und wäre von einem Auto erfaßt worden, wenn nicht jener Richter ihn im letzten Augenblick zurückgerissen hätte.

Jahre später lief ein Prozeß gegen einen Mörder. Der Mörder war der junge Mann, dem das Leben gerettet worden war, und der Richter, der den Prozeß leitete und das Urteil zu sprechen hatte, war der Lebensretter. Im Gerichtssaal sahen sie sich wieder. Der Richter ging auf den jungen Mann zu, sah ihn lange an und sagte: »Als wir uns zum ersten Mal begegneten, war ich ihr Retter, jetzt bin ich ihr Richter.«

Noch ist Jesus Christus der Retter der Welt, aber einmal wird er der Richter der Welt sein.

2. Alle Toten werden vor ihm erscheinen müssen:

> *»Und ich sah die Toten, groß und klein, stehen vor dem Thron«* (*Offb.* 20, 12).

»Alle Toten« – das ist bereits eine unterscheidende Aussage. Hier fehlen die »Kinder Gottes«. Die »Jünger Jesu« stehen nicht unter den Toten. Sie haben ja von ihrem Herrn ewiges Leben empfangen und sind schon auf der Erde »aus dem Tod in das Leben gekommen« (1. Johannes 3, 14). Viele von denen aber, die hier vor dem Thron Gottes stehen und gerichtet werden, nannten sich in ihrem irdischen Leben Christen und gehörten vielleicht auch einer christlichen Konfession an, aber sie lebten ohne Jesus Christus.

3. Jeder wird individuell aufgrund seines Lebens beurteilt:

> *»Sie wurden gerichtet, ein jeder nach seinen Werken« (Offenbarung 20, 13).*

Das wird besonders in der Aussage »Bücher wurden aufgetan« deutlich. Diese Bücher sind ein Bild für unser Leben, das Jesus nun offenlegen wird.

Die Bibel sagt:

> *»Alle Tage waren in dein Buch geschrieben« (Psalm 139, 16).*

Auf dem Hintergrund der psychologischen Erkenntnis über das Unterbewußtsein des Menschen sind diese Aussagen nicht mehr unrealistisch. Wir wissen, daß nichts, was der Mensch jemals erlebte, dachte, sah, redete und empfand, verlorengeht. Es ist im Unterbewußtsein der Seele festgehalten und geordnet. Alles wird wie in einem Computer gespeichert und kann jederzeit abgerufen werden. Am Tage des Gerichts wird Jesus Christus dieses »Buch des Unterbewußtseins« öffnen und dem Menschen wie in einem Film sein Leben noch einmal vor Augen führen. Alles wird zur Sprache kommen, und es wird so sein, wie es die Bibel sagt:

> *». . . daß ein Mensch nicht recht behalten kann*

*gegen Gott. Er kann ihm auf tausend nicht eins antworten« (Hiob 9, 2. 3).*

Wie ernst Gott den Menschen nimmt, zeigen uns gerade diese Aussagen über das Endgericht. Hier wird nicht in einem Schnellverfahren das Urteil gesprochen. Auch dazu einige biblische Belege:

Das Verborgene des Menschen, seine Gefühle, Gedanken und Einstellungen, werden im Gericht beurteilt:

> *»... an dem Tag, an dem Gott das Verborgene der Menschen durch Christus Jesus richten wird« (Römer 2, 16).*

Ebenso muß sich der Mensch für alle unnützen Worte und leichtfertigen Gespräche verantworten:

> *»Ich sage euch aber, daß die Menschen Rechenschaft geben müssen am Tage des Gerichts von jedem nichtsnutzigen Wort, das sie geredet haben« (Matthäus 12, 36).*

Auch alle Werke des Menschen werden zur Sprache gebracht:

> *»Denn Gott wird alle Werke vor Gericht bringen, alles, was verborgen ist, es sei gut oder böse« (Prediger 12, 14).*

4. Es gibt bei diesem »Gerichtsprozeß« für keinen Menschen eine Chance. Wenn vor der letzten Instanz das Leben bis in alle Tiefen geprüft wird, muß jede Hoffnung zerbröckeln. Dann wird die biblische Aussage in Erfüllung gehen:

*»Wir wissen, daß der Mensch durch Werke des Gesetzes nicht gerecht wird« (Galater 2, 16).*

## *Das wunderbare Buch*

Es ist, als ob da plötzlich in dieser dunklen Szenerie, in der bedrückenden und lähmenden Atmosphäre des Gerichts, ein helles Licht aufleuchtet. Ich stelle mir das so vor: Die Urteile sind gesprochen, aber da bringt ein göttlicher Bote ein geheimnisvolles Buch. Es ist das »Buch des Lebens«. Dort sind die Namen der Menschen aufgezeichnet, die zum ewigen Leben berufen sind.

In diesem Buch stehen die Namen der Jünger Jesu. Jesus sagte zu ihnen:

*»Freut euch, daß eure Namen im Himmel geschrieben sind« (Lukas 10, 20).*

In diesem Buch stehen auch die Mitarbeiter aus der ersten Zeit der christlichen Gemeinde:

*»Ja, ich bitte auch dich, mein treuer Gefährte, steh ihnen bei; sie haben mit mir für das Evangelium gekämpft, zusammen mit Klemens und meinen andern Mitarbeitern, deren Namen im Buch des Lebens stehen« (Philipper 4, 3).*

In diesem Buch stehen ebenso die Namen aller Christen, die zur Gemeinde Jesu gehören:

*»Ihr seid gekommen zu ... der Versammlung*

*und Gemeinde der Erstgeborenen, die im Himmel aufgeschrieben sind« (Hebräer 12, 22. 23).*

Dieses besondere Buch wird nun noch einmal geöffnet, und es wird geprüft, ob einer der Verurteilten darin geschrieben steht und darum das Gerichtsurteil aufgehoben werden kann. Wird es das geben? Zunächst lesen wir in Offenbarung 20:

*»Und ich sah die Toten, groß und klein, stehen vor dem Thron, und Bücher wurden aufgetan. Und ein anderes Buch wurde aufgetan, welches ist das Buch des Lebens.«*

Wird es im Endgericht Menschen geben, die in diesem Buch des Lebens aufgeschrieben sind? Überdenken Sie dazu, was der Apostel Petrus in seinem ersten Brief geschrieben hat:

*»Denn dazu ist auch den Toten das Evangelium verkündigt, daß sie zwar nach Menschenweise gerichtet werden im Fleisch, aber nach Gottes Weise das Leben haben im Geist« (1. Petrus 4, 6).*

Hier ist von Menschen die Rede, die »gerichtet werden«. Das aber kann nur das Endgericht sein. Doch erhalten sie nach diesem Gericht das große Vorrecht, das »Leben im Geist« zu haben. Sie erhalten das ewige Leben und dürfen in ewiger Gemeinschaft mit Gott sein. Wie ist das aber möglich, wenn »niemand zum Vater kommt, außer durch Jesus«? Gibt es hier eine Ausnahme? Nein!

Denn der genannte biblische Text sagt: »Denn dazu ist auch den Toten das Evangelium verkündigt.« Ich verstehe diesen Text so, daß es für die, die auf dieser Erde keine Chance hatten, das Evangelium zu hören, im Totenreich eine Chance geben wird. Sie erhalten dort eine Möglichkeit zur Umkehr und zur Annahme der Rettungstat Jesu. Eine ergänzende Aussage dazu finden wir im 3. Kapitel des gleichen Briefes:

> *»Denn auch Christus hat einmal für die Sünden gelitten, der Gerechte für die Ungerechten, damit er euch zu Gott führte, und ist getötet nach dem Fleisch, aber lebendig gemacht nach dem Geist. In ihm ist er auch hingegangen und hat gepredigt den Geistern im Gefängnis« (1. Petrus 3, 18. 19).*

Es wird gesagt, daß der auferstandene Christus den »Geistern im Gefängnis« – oder wie die »Gute Nachricht« übersetzt: »...den Geistern, die in der Totenwelt gefangengehalten werden« – predigte. Wir denken dabei an das »Untersuchungsgefängnis«. Eine mögliche Auslegung dieser biblischen Texte ist die, daß alle, die im Totenreich zum ersten Mal die Botschaft von der Rettung durch Jesus Christus hören und es im Vertrauen annehmen, in das »Buch des Lebens« eingetragen werden. Das ist einer der ergreifendsten Augenblicke am Tage des Gerichts, wenn Menschen, die im Prozeß verurteilt werden müssen, weil ihr

Leben gegen sie spricht, Begnadigung erfahren; denn ihre Namen werden in jenem wunderbarsten aller Bücher gefunden.

Steht Ihr Name dort geschrieben?

Ein junger Diplomlandwirt berichtete, daß sein Vater ihm eines morgens einen Traum erzählte. In jenem Traum sah der Vater dieses »Buch des Lebens«. Vorsichtig öffnete er das Buch und blätterte darin. Er suchte seinen Namen. Nachdem er viele Seiten durchgeblättert hatte, entdeckte er ihn. Eine Last fiel von seinem Herzen. Freude erfüllte ihn. Dabei wachte er auf.

»Mein Name ist eingeschrieben!« sagte er bewegt.

Eine Zeitlang blieb es merkwürdig still. Dann fragte der Sohn: »Vater, hast du meinen Namen auch entdeckt?«

Der Vater sah seinen Sohn ernst an und antwortete leise: »Das hätte ich doch wohl gesehen.«

Diese Antwort traf den Sohn in seinem Gewissen. Er ging in die Scheune, kniete nieder und übereignete sein Leben Jesus Christus.

## *Der »zweite Tod«*

Was geschieht nun mit denen, die nicht im Buch des Lebens stehen? Die Offenbarung berichtet:

*»Und wenn jemand nicht gefunden wurde geschrieben in dem Buch des Lebens, der wurde geworfen in den feurigen Pfuhl« (Offenbarung 20, 15).*

Im vorangehenden Vers wird gesagt, daß dieser »feurige Pfuhl« – oder dieser »See von Feuer«, wie es auch übersetzt werden kann – der »zweite Tod« ist. Daß wir auch hier nicht an ein »Flammenmeer in der Unterwelt« zu denken haben, zeigen zwei weitere Texte aus der Offenbarung:

*»Die Feigen aber und Ungläubigen und Frevler und Mörder und Unzüchtigen und Zauberer und Götzendiener und alle Lügner, deren Teil wird in dem Pfuhl sein, der mit Feuer und Schwefel brennt; das ist der zweite Tod« (Offenbarung 21, 8).*

*»Draußen sind die Hunde und die Zauberer und die Unzüchtigen und die Mörder und die Götzendiener und alle, die die Lüge lieben und tun« (Offenbarung 22, 15).*

In beiden biblischen Texten finden wir eine Aufzählung der Verworfenen. Während im ersten Text noch von »Feuer und Schwefel« die Rede ist, wird im zweiten Text nur noch von »Draußen« gesprochen. In der Bildersprache der Bibel sind Feuer und Schwefel Begriffe, die für Gericht und Verurteilung stehen.

Dabei denke ich an eine Liedstrophe:

*Einmal wirst du draußen stehen,*
*bittend: »Laß mich ein!«*
*Händeringend wirst du flehen,*
*doch zu spät wird's sein.*

Das ist der »zweite Tod«, ein erneutes Sterben.

## *Wohin der »schmale Weg« führt*

»Schmal ist der Weg, der zum Leben führt«, sagt Jesus Christus. LEBEN ist ein Hauptwort der Bibel. Darum – und im Grunde genommen um nichts anderes – geht es Gott. Alles, was Gott ist und was er allen geben will, ist in diesem Begriff LEBEN zusammengefaßt. Gott spricht:

*»Meinst du, daß ich Gefallen habe am Tode des Gottlosen, und nicht vielmehr daran, daß er sich bekehrt von seinem Wege und am Leben bleibt?« (Hesekiel 18, 23).*

Jesus Christus hat gesagt:

*»Ich bin gekommen, damit sie das Leben und volle Genüge haben sollen« (Joh. 10, 10).*

Eines der letzten Worte der Bibel ist ein wunderbarer Ruf zum Leben:

*»Und der Geist und die Braut sprechen: Komm! Und wer es hört, der spreche: Komm! Und wen dürstet, der komme; und wer da will, der nehme das Wasser des Lebens umsonst« (Offenbarung 22, 17).*

Wohin führt nun der Weg, an dessen Eingang mit leuchtenden Buchstaben das Wort LEBEN steht? Wir wollen die einzelnen Stationen dieses Weges abschreiten. Dabei müssen wir uns bewußt sein, daß »unser Wissen Stückwerk ist« und daß wir hier »durch einen Spiegel in ein dunkles Bild sehen« – wie der Apostel Paulus es ausdrückt.

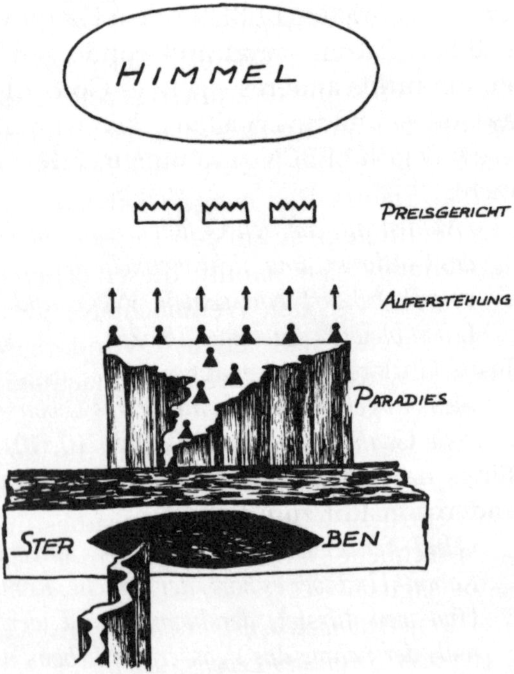

## »Heute noch im Paradies«

»Heute wirst du mit mir im Paradies sein«, versprach Jesus dem neben ihm am Kreuz hängenden Verbrecher. Er hatte an diesem Nachmittag in Jesus Christus den Retter der Welt erkannt und ihn angefleht: »Gedenke an mich, wenn du in dein Reich kommst.« Jesus Christus, der »keinen hinausstößt, der zu ihm kommt«, gab ihm die Zusicherung, ihn mit in das Paradies zu nehmen.

Das Paradies ist *ein* Bereich der göttlichen Welt. Dorthin kommen – und das zeigt dieses Zwiegespräch am Kreuz – alle, die sich Jesus Christus übereignet haben. Das Paradies ist die erste Station des ewigen Lebens. Dort wartet der Jünger Jesu auf den Tag der »ersten Auferstehung«. Ich nannte diesen Zustand das »Warten vor der Weihnachtstür«. Der Gläubige weiß, daß etwas Wunderbares geschehen wird, wenn die »Weihnachtstür« sich öffnet.

Nur an wenigen Stellen spricht die Bibel von diesem Ort. Der Apostel Paulus berichtet, daß er »entrückt wurde in das Paradies und unaussprechliche Worte hörte«. Und Jesus Christus sagte:

> *»Wer überwindet, dem will ich zu essen geben von dem Baum des Lebens, der im Paradies Gottes ist« (Offenbarung 2, 7).*

Auch Lazarus, der Bettler, von dem Jesus

berichtete, kam nach seinem Sterben an diesen Ort. Er begegnete dort Abraham, den die Bibel den »Vater aller Glaubenden« nennt.

## *Der Ort des Trostes*

»Nun wird er hier getröstet«, so lesen wir in der Bibel über das Ergehen des Lazarus im Paradies.

Auch Kinder Gottes erleben auf dieser Erde Leid. Es ist nirgends davon die Rede, daß sie »alle Tage Sonnenschein« geschenkt bekommen. Im Gegenteil: Auf seiner ersten Missionsreise ruft der Apostel Paulus den Christen in Syrien zu:

> *»Wir müssen durch viele Bedrängnisse in das Reich Gottes eingehen« (Apg. 14, 22).*

Aber das heißt nicht, daß Christen ein »jämmerliches« und »klägliches« Leben führen. Nein! Sie wissen, daß ihr Herr mit ihnen ist, und daß sein »Stecken und Stab« sie im »dunklen Tal« tröstet. So kann der Apostel Paulus zeugnishaft schreiben:

> *»... als die Unbekannten, und doch bekannt; als die Sterbenden und siehe, wir leben; als die Gezüchtigten, und doch nicht getötet; als die Traurigen, aber allezeit fröhlich; als die Armen, aber die doch viele reich machen; als die nichts haben, und doch alles haben« (2. Korinther 6, 9. 10).*

Vollkommenen Trost aber erfährt der Christ

erst im Paradies. Dort durchschaut er auch die rätselhaften Führungen des Lebens und erkennt Gottes vollkommenen Plan.

Während meiner Studienzeit arbeitete ich in der Bahnhofsmission in Frankfurt. An einem Abend begegnete ich einer jüdischen Christin. Sie war eine von den wenigen, die die Zeit in einem KZ überlebt hatte. Furchtbar jedoch waren die Erfahrungen dieser Jahre, in denen sie auch ihre beiden Kinder verlor. Sie berichtete, daß sie gelegentlich im Traum aufschrickt und dann mit Tränen in den Augen erwacht.

Wer kann sie trösten, wenn nicht Gott sie tröstet? Für sie wird das Paradies der Ort des vollkommenen Trostes sein. Es ist der Trost, der alle Wunden heilt und alle Tränen zum Versiegen bringt.

## *Der Ort der Geborgenheit*

»Er sah Abraham von ferne und Lazarus in seinem Schoß.« Der Schoß ist in der Bibel ein Bild für Geborgenheit. Abraham wird, wie wir schon gesagt haben, »Vater aller Gläubigen« genannt. Mit diesen beiden Begriffen – Schoß und Abraham – rundet sich das Bild von der Geborgenheit ab.

Der Gläubige erlebt im Paradies eine tiefe Geborgenheit. Seine Feinde – Satan, Sünde und Welt – sind nicht an diesem Ort. Die

Kämpfe sind endgültig vorbei. Der »Wanderer« ist zu Hause.

## *Die »erste Auferstehung«*

In der Offenbarung lesen wir:

> *»Selig ist der und heilig, der teilhat an der ersten Auferstehung. Über diese hat der zweite Tod keine Macht« (Offenbarung 20, 6).*

Die »Tür zum Weihnachtszimmer« hat sich geöffnet. Der Christ steht vor einem unübersehbaren »Gabentisch«. Als erstes Geschenk bekommt er einen neuen Körper und damit eine ganz neue Möglichkeit des Lebens. Der Apostel Paulus schreibt dazu:

> *»Denn wenn wir mit ihm (Jesus) verbunden und ihm gleichgeworden sind in seinem Tod, so werden wir ihm auch in der Auferstehung gleich sein« (Römer 6, 5).*

Das berechtigt uns, den neuen Leib der Auferstandenen mit dem Leib Jesu zu vergleichen, den er nach seiner Auferstehung besaß. Dazu einige charakteristische Vergleichspunkte.

Zunächst stellen wir fest, daß der Auferstehungsleib Jesu ein realer Leib war. Jesus Christus wurde von seinen Jüngern gesehen. Er redete mit ihnen und hat vor ihnen gesessen. Den erschrockenen Männern und Frauen erklärt der auferstandene Herr:

> *»Was seid ihr so erschrocken, und warum*

*kommen solche Gedanken in euer Herz?* (Sie dachten, daß Jesus ein Geist sei.) *Seht meine Hände und meine Füße, ich bin's selber. Faßt mich an und seht; denn ein Geist hat nicht Fleisch und Knochen, wie ihr seht, daß ich sie habe« (Lukas 24, 38. 39).*

Dann können wir feststellen, daß dieser Körper nicht an Raum und Materie gebunden ist. Die Bibel berichtet:

*»Am Abend aber dieses ersten Tages der Woche* (es war der Auferstehungstag Jesu), *als die Jünger versammelt und die Türen verschlossen waren aus Furcht vor den Juden, kam Jesus und trat mitten unter sie« (Johannes 20, 19).*

Sie hatten an diesem Abend, wie es die Bibel berichtet, alles »dicht« gemacht. Sie fürchteten sich, ebenfalls abgeführt und verurteilt zu werden. Da stand Jesus plötzlich in ihrer Mitte. Wo kam er her? Von oben oder von unten? Von links oder von rechts? Durchbrach er die Mauer? Riß er eine Tür auf? Nichts von alledem. Der neue Leib ist »überdimensional«. Jesus kam von »Jenseits«. Raum und Materie konnten ihn nicht festhalten und nicht zurückhalten.

Wir können auch erkennen, daß die Dimension der Zeit in diesem neuen Leib durchbrochen ist. »*... und verschwand vor ihnen*« – so berichtet der Evangelist Lukas. Jesus hatte soeben noch das Brot in der Hand und brach es vor zwei seiner Jünger, und im nächsten Augenblick war er nicht mehr da. Dafür erscheint er plötzlich an irgendeiner anderen Stelle. Er begegnet Maria Magdalena am Eingang des Felsengrabes, dem Apostel Petrus auf dem Weg nach Jerusalem und einer Jüngergruppe am See Tiberias.

Im ersten Brief, den der Apostel Paulus an die Christengemeinde in Korinth schrieb, nimmt er diese Thematik auf. Dort vergleicht er den jetzigen Leib mit dem Auferstehungsleib. Er schreibt:

> *»Es wird gesät verweslich und wird auferstehen unverweslich« (1. Korinther 15, 42).*

Neun Millionen Zellen sterben in jeder Sekunde an unserem Leib ab und müssen ersetzt werden. Ein pausenloser Sterbe- und Erneuerungsprozeß ist also an uns im Gange. »Verweslich« oder »sterblich« nennt das Paulus. Im Auferstehungsleib gibt es dieses Sterben nicht mehr. Er ist »unverweslich«.

> *»Es wird gesät in Niedrigkeit und wird auferstehen in Herrlichkeit« (1. Kor. 15, 43).*

»Niedrigkeit« oder »Unansehnlichkeit« kennzeichnen unseren jetzigen Leib. Manche haben ein Leben lang einen kranken, unansehnlichen Körper. Andere müssen erleben, wie ihr schöner Leib im Alter mehr und mehr verfällt. Nichts kann diesen Prozeß letztlich aufhalten, weder Sport noch Schönheitspflege. Schmerzen und mancherlei Gebrechen stellen sich ein. Der Auferstehungsleib aber wird herrlich, fehlerlos, vollkommen sein.

*»Es wird gesät in Armseligkeit und auferstehen in Kraft«* (1. Korinther 15, 43).

Ein Grippevirus, eine Blutvergiftung, ein verdorbenes Essen machen unserem anfälligen Leib zu schaffen. Er braucht Sauerstoff, Nahrung, Ruhe. Der Entzug dieser Dinge bedeutet Tod. Wir brauchen viele fremde Kräfte, die unsere menschliche Schwachheit etwas »aufheben«. Immer wieder stoßen wir an unsere Grenzen. »Armseligkeit« nennt es die Bibel. Der Auferstehungsleib aber ist gekennzeichnet von unvorstellbarer Dynamik. Er kann die Räume der Schöpfung durcheilen und ist nicht mehr abhängig von Nahrung und Ruhe.

*»Es wird gesät ein natürlicher Leib und wird auferstehen ein geistlicher Leib«* (1. Korinther 15, 44).

Hier faßt Paulus noch einmal die wesentlichen Unterschiede zwischen dem irdischen Leib und dem Auferstehungsleib zusammen. Den irdischen Leib nennt er den »psychikon« – den im wesentlichen von der »psyche«, der Seele, geprägten Leib. In der Medizin spricht man zum Beispiel von psychosomatischen Erkrankungen. Die »psyche« – die Seele also – beeinflußt das »soma«, den Leib. Es ist schwierig, in wenigen Sätzen die Seele zu erklären. Aber soviel sei gesagt, daß die Seele Verstand, Wille und Gefühl bestimmt, ebenso alle Bereiche des Unterbewußtseins und des Kollektiv-Unbewußten – die Tiefenträume, aus denen unsere Erbanlagen kommen, das Temperament und die intellektuelle Leistungsfähigkeit – das alles gehört zur Seele.

»Psychosomatisch« meint die Abhängigkeit des Leibes von der Seele. Es gibt viele körperliche Erkrankungen, die ihren eigentlichen Ursprung in der Seele haben. Streit, Ärger, Mißtrauen, Haß, Eifersucht und manche andere negative Reaktionen der Seele wirken sich auf den Körper aus und prägen ihn, machen ihn krank oder setzen seine Leistungsfähigkeit herab.

Der neue Leib aber wird ausschließlich vom Geist Gottes geprägt. Paulus nennt ihn im Brief an die Korinther den »pneumatikon« – »pneuma« heißt Geist. Dieser Begriff wird auch immer für den Heiligen Geist verwendet.

Der Geist bestimmt und prägt den Auferstehungsleib, *der* Geist, der keinerlei negative Eigenschaften hat, *der* Geist, der vollkommen ist. Weil nun der Geist vollkommen ist, darum wird auch der neue Leib vollkommen sein.

## *Wir werden Jesus sehen*

Das schreibt der Apostel Johannes:

> *»Meine Lieben, wir sind schon Gottes Kinder; es ist aber noch nicht offenbar geworden, was wir sein werden. Wir wissen aber: wenn es offenbar wird, werden wir ihm (Jesus) gleich sein; denn wir werden ihn (Jesus) sehen, wie er ist« (1. Johannes 3, 2).*

Welch ein wunderbarer Augenblick wird das sein, wenn Kinder Gottes ihren Erlöser Jesus Christus von »Angesicht zu Angesicht« sehen werden. Welch ein Jubel, wenn sie dem gegenüberstehen, dem sie auf der Erde vertraut haben und der sie durch viel Versagen dennoch zum Ziel gebracht hat.

Unvergeßlich bleibt für mich eine Evangelisation, die ich als Kind in der schweren Zeit nach dem 2. Weltkrieg erlebte. Die große Kirche war an jedem Abend brechend voll. Wir Kinder saßen auf den Fensterbänken und auf den Kanzelstufen. Es war eine Erweckungsatmosphäre. Aber was mich am tiefsten beeinflußte, war das Lied, das jeweils am Schluß der Veranstaltung stehend gesungen wurde. Man nannte es das »Herrlichkeitslied«:

*Wenn nach der Erde Leid, Arbeit und Pein*
*ich in die goldenen Gassen zieh ein,*
*wird nur das Schaun meines Heilands allein*
*Grund meiner Freude und Anbetung sein.*

*Wenn dann die Gnade, mit der ich geliebt,*
*dort eine Wohnung im Himmel mir gibt,*
*wird doch nur Jesus und Jesus allein*
*Grund meiner Freude und Anbetung sein.*

*Dort vor dem Throne im himmlischen Land*
*treff ich die Freunde, die hier ich gekannt;*
*dennoch wird Jesus und Jesus allein*
*Grund meiner Freude und Anbetung sein.*

In diesem Lied kommt genau das zum Ausdruck, was Christen im Blick auf den Himmel empfinden. Nicht die »goldenen Straßen« sind es, auf die sie sich freuen, nicht die »Perlentore« oder das »gläserne Meer«, nicht die Engel oder der »neue Himmel und die neue Erde« – es ist Jesus und Jesus allein. Die Bibel sagt:

*»... und so werden wir bei dem Herrn sein allezeit« (1. Thessalonicher 4, 17).*

Ich darf es ganz persönlich bekennen: Das ist meine Sehnsucht, mein Verlangen, meine Hoffnung – für immer bei Jesus zu sein.

Einem Zeugen Jehova, der pausenlos vom Königreich Jesu Christi sprach, von der neuen Welt und wie gut es dort den Menschen gehen würde, sagte ich: »Ich bedaure den Bräutigam, dessen Braut sich nur auf das Haus freut, das der Bräutigam mit in die Ehe bringt. Wenn eine Braut nur von dem Haus schwärmt, den wunderbaren Möbeln und dem Wohnkomfort, dann fehlt in ihrem Leben das Entscheidende – die Liebe.«

Weil Christen Jesus lieben, darum freuen sie sich auf die »Stunde« der sichtbaren Begegnung mit ihm.

Jesus Christus hat zu seinen Jüngern gesagt:

> *»Und wenn ich hingehe, euch die Stätte zu bereiten, will ich wieder kommen und euch zu mir nehmen, damit ihr seid, wo ich bin« (Johannes 14, 3).*

## *Auf dem »Prüfstand«*

»Und ich sah einen großen, weißen Thron ...« – so haben wir in der Offenbarung gelesen. Es ist der Thron des Weltenrichters. An die Gemeinde in Korinth schreibt nun Paulus:

> *»Wir müssen alle offenbar werden vor dem Richterstuhl Christi, damit jeder seinen Lohn empfange für das, was er getan hat bei Lebzeiten, es sei gut oder böse« (2. Kor. 5, 10).*

Dieser »Richterstuhl Christi« darf nicht verwechselt werden mit dem »großen, weißen Thron«. So ist auch das Gericht, von dem hier gesprochen wird, nicht das Endgericht. Das Endgericht ist ein Prozeß, dieses Gericht ist eine Art »Preisgericht«. Wenn der Apostel Paulus schreibt: »*Wir* müssen alle offenbar werden vor dem Richterstuhl Christi«, dann zeigt dieses »*Wir*«, daß es sich nur um Kinder

Gottes handelt, also um Menschen, die in der »ersten Auferstehung« einen neuen Leib erhielten. Darum geht es bei diesem Gericht, nicht um Rettung oder Verlorensein, nicht um Himmel oder Hölle. Hier geht es um die Beurteilung des neuen Lebens. Wie habe ich von der Stunde der Wiedergeburt an das neue Leben geführt? Das ist die Frage, die behandelt wird.

Im ersten Korintherbrief geht der Apostel Paulus näher auf dieses Thema ein. Dort zeigt er zunächst auf, daß es zwei Gruppen von Christen gibt. Beide sind wiedergeboren, und doch führen sie ein sehr unterschiedliches Leben. Die eine Gruppe nennt Paulus »geistliche Menschen« (1. Korinther 2, 15). Die andere Gruppe nennt er »fleischliche« Christen (1. Korinther 3, 1).

Der »geistliche Mensch« ist der, der sein Leben Tag für Tag neu Christus zur Verfügung stellt, so daß Christus in ihm und durch ihn leben kann.

Der »fleischliche« Christ hat zwar Jesus als seinen Retter angenommen, aber er läßt seinen Alltag, sein Reden und Handeln, sein Denken und Fühlen nicht von ihm bestimmen und prägen. Er lebt als Christ nicht anders oder nicht wesentlich anders als ein Nichtchrist. Sein Leben wird weiterhin vom »Ich« beherrscht, was dann zu Unzufriedenheit, zu Ärger, Frustration und Sinnlosigkeit führt.

Beide, der »Geistliche« und der »Fleischliche«, sind gerettete Menschen. Beide leben nach dem Sterben im Paradies weiter. Beide erhalten einen neuen Leib. Beide begegnen Jesus Christus und sehen ihn von »Angesicht zu Angesicht«. Beide stehen einmal vor dem »Preisrichterthron«. Sie haben das gleiche Fundament für ihr Leben gewählt, nämlich Jesus Christus:

> *»Einen andern Grund kann niemand legen als den, der gelegt ist, welcher ist Jesus Christus« (1. Korinther 3, 11).*

Aber sie bauen auf dieses Fundament sehr unterschiedlich:

> *»Wenn aber jemand auf den Grund baut Gold, Silber, Edelsteine, Holz, Heu, Stroh, so wird das Werk eines jeden offenbar werden« (1. Korinther 3, 12).*

»Gold, Silber, Edelsteine« sind ein Bild für unvergängliche Werte. Sie passen in die himmlische Welt. Jesus Christus hat uns dazu berufen, »bleibende Frucht« zu bringen:

> *»Ich habe euch erwählt und bestimmt, daß ihr hingeht und Frucht bringt und eure Frucht bleibt« (Johannes 15, 16).*

Wir denken zunächst an die Frucht des Heiligen Geistes an *»Liebe, Freude, Friede, Geduld, Freundlichkeit, Güte, Treue, Sanftmut und Keuschheit«* (Galater 5, 22). Aber wir denken auch daran, daß wir »Menschenfrucht« bringen sollen. Wir sind berufen, andere zu

Jesus zu führen, denn Jesus hat uns zu »Menschenfischern« bestimmt.

Wer diese »geistlichen Früchte« bringt, der baut auf das neue Lebensfundament, das Jesus Christus ist, »Gold, Silber und Edelsteine«.

»Holz, Heu, Stroh« sind ein Bild für wertlose Dinge – wertlos in Bezug auf die Ewigkeit. In den Augen der Mitmenschen können das beeindruckende Leistungen sein, eine Berufskarriere, ein spannendes Hobby, Geld und Besitz. Aber es sind keine »Ewigkeitswerte«. Es ist unbrauchbares Material für den Himmel.

»Selbstverwirklichung« oder »Christusverwirklichung« – das ist die Frage.

Der Apostel Paulus schreibt weiter über dieses Gericht:

> *»Der Tag des Gerichts wird's klar machen; denn mit Feuer wird er sich offenbaren. Und von welcher Art eines jeden Werk ist, wird das Feuer erweisen. Wird jemandes Werk bleiben, das er darauf gebaut hat, so wird er Lohn empfangen. Wird aber jemandes Werk verbrennen, so wird er Schaden leiden; er selbst aber wird gerettet werden, doch so wie durchs Feuer hindurch« (1. Kor. 3, 13–15).*

Auch hier ist »Feuer« ein Bildbegriff für das Gerichtshandeln Gottes.

Nun sagt der Apostel Paulus, daß es Christen geben wird, die bei diesem »Preisgericht«

nicht bestehen werden. Ihr Lebenswerk hält der göttlichen Prüfung nicht stand. Trotz einer Lebensübergabe an Christus führten sie ihr Leben in Eigenregie. So konnte sie Jesus auf dieser Erde nicht gebrauchen. Die Bibel sagt, daß an jenem »Beurteilungstag« ihr Lebenswerk verbrennt, sie selbst aber gerettet sind.

Jeder Christ sollte sein Leben an Hand dieses biblischen Textes überprüfen. Es ist wichtig, daß wir uns jetzt durch Gottes Wort und durch Gottes Geist richten und zurechtbringen lassen, damit wir nicht einmal zu denen gehören, die in der Prüfungsstunde der Ewigkeit »durchfallen«.

## *Zu Großem berufen*

Einmal habe ich mich ganz schön in die »Nesseln gesetzt«, als ich in einem christlichen Hauskreis über dieses Thema sprach. Die Leute dort hatten eine seltsame Vorstellung vom Himmel. Sie dachten an einen riesigen Raum mit Ruhekissen. Sie träumten von einem »überdimensionalen Schlaraffenland«.

Ich freue mich, daß die Bibel zeigt, daß wir im Himmel weiter Christus zur Verfügung stehen und ihm vollkommen und absolut ungeteilt dienen werden.

Im 1. Korintherbrief ist davon die Rede:

> *»Wißt ihr nicht, daß die Heiligen die Welt richten werden?« (1. Korinther 6, 2).*

*»Wißt ihr nicht, daß wir über Engel richten werden?« (1. Korinther 6, 3).*

Das schreibt Paulus einer Gemeinde, die im Kleinkrieg des Gemeindealltags kaputtzugehen droht. Paulus ermahnt die Gläubigen mit dem Hinweis auf die großen Aufgaben, die in der Ewigkeit auf sie warten.

Es ist für uns heute unvorstellbar, daß wir dazu berufen sind, im Endgericht die Welt mit zu richten und sogar im Gericht über die gefallenen Engel Jesus Christus zur Verfügung stehen sollen. Der Gedanke daran kann uns ein Ansporn sein, hier schon als »Friedensstifter« zu leben. Schon jetzt darf und soll unser Leben von den Aufgaben der Ewigkeit geprägt sein.

Einen weiteren Aufgabenbereich deutet Paulus seinem jungen Mitarbeiter Timotheus an:

*»Dulden wir, so werden wir mit herrschen« (2. Timotheus 2, 12).*

Was das Ziel dieses Herrschens mit Christus ist, wird uns im 1. Korintherbrief gesagt:

*»Denn Christus muß herrschen, bis Gott ihm ›alle Feinde unter seine Füße legt‹ (Ps. 110, 1). Der letzte Feind, der vernichtet wird, ist der Tod« (1. Kor. 15, 25. 26).*

Alle Feinde Gottes, alle Feinde der Liebe und der Harmonie, Satan und seine Dämonen, alle Menschen, die sich der Liebesherrschaft Gottes entgegenstellen und so zu

Handlangern des Bösen werden, alle negativen Mächte und zuletzt auch der Tod, werden durch Christus und seine Gemeinde besiegt. Dann wird geschehen, was die Bibel sagt:

> *»Darum hat ihn auch Gott erhöht und hat ihm den Namen gegeben, der über alle Namen ist, daß in dem Namen Jesu sich beugen sollen aller derer Knie, die im Himmel und auf Erden und unter der Erde sind, und alle Zungen bekennen sollen, daß Jesus Christus der Herr ist, zur Ehre Gottes, des Vaters« (Philipper 2, 9–11).*

Darum wollen wir jetzt schon mit Johann Christoph Blumhardt fröhlich und mutig bekennen:

*Daß Jesus siegt, bleibt ewig ausgemacht,*
*sein wird die ganze Welt.*
*Denn alles ist nach seines Todes Nacht*
*in seine Hand gestellt.*
*Nachdem am Kreuz er ausgerungen,*
*hat er zum Thron sich aufgeschwungen.*
*Ja, Jesus siegt!*

*Ja, Jesus siegt! Wir glauben es gewiß,*
*und glaubend kämpfen wir.*
*Wie du uns führst durch alle Finsternis,*
*wir folgen, Jesu, dir.*
*Denn alles muß vor dir sich beugen,*
*bis auch der letzte Feind wird schweigen.*
*Ja, Jesus siegt!*

Vor uns – vor den Leuten, die sich an Jesus Christus gebunden haben – liegt eine wunderbare Zukunft. Wenn viele Menschen mit bangen Gefühlen dem Morgen entgegengehen, wenn junge Leute auf ihre Fahnen »no hope – no future« schreiben, dann dürfen Christen genau das Gegenteil bekennen. Wir haben eine Zukunft. Wir haben eine Hoffnung. Wir werden ewig leben. Und zu diesem Leben »von Ewigkeit zu Ewigkeit« laden wir im Auftrag Jesu alle ein.